Amores de segunda mano

Seix Barral

Enrique Serna

Amores de segunda mano

Diseño de portada: Jorge Garnica / La Geometría Secreta
Imagen de portada: © Shutterstock

© 1994, 2016, Enrique Serna

Derechos reservados

© 2016, Editorial Planeta Mexicana, S.A. de C.V.
Bajo el sello editorial SEIX BARRAL M.R.
Avenida Presidente Masarik núm. 111, Piso 2
Colonia Polanco V Sección
Deleg. Miguel Hidalgo
C.P. 11560, México, D.F.
www.planetadelibros.com.mx

Primera edición: mayo de 1994
Primera edición en esta presentación: marzo de 2016
ISBN: 978-607-07-3317-8

Impreso en los talleres de Litográfica Ingramex, S.A. de C.V.
Centeno núm. 162-1, colonia Granjas Esmeralda, México, D.F.
Impreso y hecho en México - *Printed and made in Mexico*

El alimento del artista

a Alberto del Castillo

Dirá usted que de dónde tanta confiancita, que de cuál fumó esta cigarrera tan vieja y tan habladora, pero es que le quería pedir algo un poco especial, cómo le diré, un favor extraño, y como no me gustan los malentendidos prefiero empezar desde el principio, ¿no?, ponerlo en antecedentes. Usted tiene cara de buena persona, por eso me animé a molestarlo, no crea que a cualquiera le cuento mi vida, sólo a gentes con educación, con experiencia, que se vea que entienden las cosas del sentimiento.

Le decía pues que recién llegada de Pinotepa trabajé aquí en El Sarape, de esto hará veintitantos años, cuando el cabaret era otra cosa. Teníamos un show de calidad, ensayábamos nuestras coreografías, no como ahora que las chicas salen a desnudarse como Dios les da a entender. Mire, no es por agraviar a las jóvenes pero antes había más respeto al público, más cariño por la profesión. Claro que también la clientela era diferente, venían turistas de todo el mundo, suizos, franceses, ingleses, así daba gusto salir a la pista. Yo entiendo a las muchachas de ahora, no se crea. ¿Para qué le van a dar margaritas a los puercos? Los de Acapulco todavía se comportan, pero llega cada chilango que dan ganas de sacarlo a patadas, oiga, nomás vienen a la Zona a molestar a las artistas, a gritarles de chingaderas, y lo peor es que a la mera hora no se van con ninguna, yo francamente no sé a qué vienen.

Pues bueno, aquí donde me ve tenía un cuerpazo. Empecé haciendo un número afroantillano, ya sabe, menear las caderas y revolcarme en el suelo como lagartija en comal caliente, zangoloteándome toda, un poco al estilo de Tongolele pero más salvaje. Tenía mucho éxito, no es por nada pero merecía cerrar la variedad, yo me daba cuenta porque los hombres veían mi show en silencio, atarantados de calentura, en cambio a Berenice, la dizque estrella del espectáculo, cada vez que se quitaba una prenda le gritaban mamacita, bizcocho, te pongo casa, o sea que los ponía nerviosos por falta de recursos, y es que la pobre no sabía moverse, muy blanca de su piel y muy platinada pero de arte, cero.

Fue por envidia suya que me obligaron a cambiar el número. No aguantó que yo le hiciera sombra. Según don Sabás, un gordo que administraba el cabaret pero no era el dueño, el dueño era el amante de la Berenice, por algo sé de dónde vino la intriga, según ese pinche barrigón, que en paz descanse, mi número no gustaba. ¡Hágame usted el favor! Para qué le cuento cómo me sentí. Estaba negra. Eso te sacas por profesional, pensé, por tener alma de artista y no alma de puta. Ganas no me faltaron de gritarle su precio a Sabás y a todo el mundo, pero encendí un cigarro y dije cálmate, no hagas un escándalo que te cierre las puertas del medio, primero escucha lo que te propone el gordo y si no va contra tu dignidad, acéptalo.

Me propuso actuar de pareja con un bailarín, fingir que hacíamos el acto sexual en el escenario, ve que ahora ese show lo dan dondequiera, pero entonces era novedad, él acababa de verlo en Tijuana y le parecía un tiro. La idea no me hizo mucha gracia, para qué le voy a mentir, era como caer de la danza a la pornografía, pero me discipliné porque lo que más me importaba era darle una lección a la Berenice, ¿no?, chingármela en su propio terreno, que viera que yo no sólo para las maromas servía. En los ensayos me pusieron de pareja a un bailarín muy guapo, Eleazar creo que se llamaba, lo escogieron a propósito porque de todos los del Sarape era el menos afeminado, tenía espaldotas de lanchero, mostacho, cejas a la Pedro Armendáriz. Lástima de hombrón. El pobre no me daba el ancho, nunca nos compenetramos.

Era demasiado frío, sentía que me agarraba con pinzas, como si me tuviera miedo, y yo necesitaba entrar un poco en papel para proyectar placer en el escenario, ¿no? Bueno, pues gracias a Dios la noche del debut Eleazar no se presentó en El Sarape. El día anterior se fue con un gringo que le puso un penthouse en Los Ángeles, el cabrón tenía matrimonio en puerta, por algo no se concentraba. Nos fuimos a enterar cuando ya era imposible cancelar el show, así que me mandaron a la guerra con un suplente, Gamaliel, que más o menos sabía cómo iba la cosa por haber visto los ensayos pero era una loca de lo más quebrada, toda una dama, se lo juro. Sabás le hacía la broma de aventarle unas llaves porque siempre se le caían, y para levantarlas se agachaba como si trajera falda, pasándose una mano por las nalgas, muy modosito él. Por suerte se me prendió el foco y pensé, bueno, en vez de hacer lo que tenías ensayado mejor improvisa, no te sometas al recio manejo del hombre, ahora que ni hombre hay, haz como si el hombre fueras tú y la sedujeras a esta loca.

Santo remedio. Gamaliel empezó un poco destanteado, yo le restregaba los pechos en la cara y él haga de cuenta que se le venía el mundo encima, no hallaba de dónde agarrarme, pero apenas empecé a fajármelo despacito, maternalmente, apenas le di confianza y me puse a jugar con él como su amiga cariñosa, fui notando que se relajaba y hasta se divertía con el manoseo, tanto que a medio show él tomó la iniciativa y se puso a dizque penetrarme con mucho estilo, siguiendo con la pelvis la cadencia del mambo en sax mientras yo lo estimulaba con suaves movimientos de gata. Estaba Gamaliel metido entre mis piernas, yo le rascaba la espalda con las uñas de los pies y de pronto sentí que algo duro tocaba mi sexo como queriendo entrar a la fuerza. Vi a Gamaliel con otra cara, con cara de no reconocerse a sí mismo, y entonces la vanidad de mujer se me subió a la cabeza, me creí domadora de jotos o no sé qué y empecé a sentirme de veras lujuriosa, de veras lesbiana, mordí a Gamaliel en una oreja, le saqué sangre y si no se acaba la música por Dios que nos lanzamos a ponerle de verdad enfrente de todo mundo.

Nos ovacionaron como cinco minutos, lo recuerdo muy bien porque al salir la tercera vez a recibir los aplausos Gamaliel me jaló del brazo para meterme por la cortina y a tirones me llevó hasta mi camerino porque ya no se aguantaba las ganas. Tampoco yo, para ser sincera. Caímos en el sofá encima de mis trajes y ahí completamos lo que habíamos empezado en la pista pero esta vez llegando hasta el fin, desgarrándonos las mallas, oyendo todavía el aplauso que ahora parecía sonar dentro de nosotros como si toda la excitación del público se nos hubiera metido al cuerpo, como si nos corrieran aplausos por las venas.

Después Gamaliel estuvo sin hablarme no sé cuántos días, muerto de pena por el desfiguro. Hasta los meseros se habían dado cuenta de lo que hicimos y comenzaron a hacerle burla, no que te gustaba la cocacola hervida, chale, ya te salió lo bicicleto, lo molestaban tanto al pobre que yo le dije a Sabás oye, controla a tu gente, no quiero perder a mi pareja por culpa de estos mugrosos. En el escenario seguíamos acoplándonos de maravilla pero él ahora no se soltaba, tenía los ojos ausentes, la piel como entumida, guardaba las distancias para no pasarse de la raya y esa resistencia suya me alebrestaba el orgullo porque se lo confieso, Gamaliel me había gustado mucho en el camerino y a fuerzas quería llevármelo otra vez de trofeo, pero qué esperanza, él seguía tan profesional, tan serio, tan en lo suyo que al cabo de un tiempo dije: olvídalo, éste nada más fue hombre de un día.

Cuál no sería mi sorpresa cuando a los dos meses o algo así de que habíamos debutado me lo encuentro a la salida del Sarape, ya de mañana, borracho y con una rosa de plástico en la mano, diciendo que me había esperado toda la noche porque ya no soportaba el martirio de quererme. Dicen que los artistas no se deben enamorar, pero yo al amor nunca le saqué la vuelta, quién sabe si por eso acabé tan jodida. Gamaliel se vino a vivir conmigo al cuarto que tenía en el hotel Oviedo. Aunque nos veíamos diario cada vez nos gustábamos más. Lo de hacer el amor después del show se nos hizo costumbre, a veces ni cerrábamos la puerta del camerino de tanta prisa. Y cuidado con oír aplausos en otra parte, yo no sé qué nos pasaba, con decirle que hasta viendo televisión, cuando el locutor pedía un fuerte aplauso para Sonia López o Los Rufino, ya nomás con eso sentíamos hormigas en la carne.

El amor iba muy bien pero al profesionalismo se lo llevó la trampa. Gamaliel resultó celoso. No le gustaba que fichara, me quería suya de tiempo completo. Para colmo se ofendía con los clientes que lo albureaban, y es que seguía siendo tan amanerado como antes y algunos borrachos le gritaban de cosas, que ese caldo no tiene chile, que las recojo a las dos, pinches culeros, apuesto que ni se les paraba, ninguno de ellos me hubiera cumplido como Gamaliel. Llegó el día en que no pudo con la rabia y se agarró a golpes con un pelirrojo de barbas que se lo traía de encargo. El pelirrojo era compadre del gobernador y amenazó con clausurar El Sarape. Sabás quiso correr a Gamaliel solo pero yo dije ni madres, hay que ser parejos, o nos quedamos juntos o nos largamos los dos.

Nos largamos los dos. En la Zona de Acapulco ya no quisieron damos trabajo, que por revoltosos. Fuimos a México y al poco rato de andar pidiendo chamba nos contrataron en El Club de los Artistas, que entonces era un sitio de catego. Por sugerencia del gerente modernizamos el show. Ahora nos llamábamos Adán y Eva y salíamos a escena con hojas de parra. El acompañamiento era bien acá. Empezaba con acordes de arpa, o sea, música del amor puro, inocente, pero cuando Gamaliel mordía la manzana que yo le daba se nos metía el demonio a los dos con el requintazo de Santana. Ganábamos buenos centavos porque aparte del sueldo nos pagaban por actuar en orgías de políticos. Se creían muy depravados pero daban risa. Mire, a mí esos tipos que se calientan a costa del sudor ajeno más bien me dan compasión, haga de cuenta que les daba limosna, sobras de mi placer.

En cambio a Gamaliel no le gustaba que anduviéramos

en el deprave. Ahora le había entrado el remordimiento, se ponía chípil por cualquier cosa. Es que no tenemos intimidad, me decía, estoy harto de que nos vean esos pendejos, a poco les gustaría que yo los viera con sus esposas. Aprovechando que teníamos nuestros buenos ahorros decidimos retiramos de la farándula. Gamaliel entró a trabajar de manicurista en una peluquería, yo cuidaba el departamento que teníamos en la Doctores y empezamos a hacer la vida normal de una pareja decente, comer en casa, ir al cine, acostarse temprano, domingos en La Marquesa, o sea, una vida triste y desgraciada. Triste y desgraciada porque al fin y al cabo la carne manda y ahora Gamaliel se había quedado impotente, me hacía el amor una vez cada mil años, malhumorado, como a la fuerza ¿y sabe por qué? Porque le faltaba público, extrañaba el aplauso que es el alimento del artista. Será por la famosa intuición femenina pero yo enseguida me di cuenta de lo que nos pasaba, en cambio Gamaliel no quería reconocerlo, él decía que ni loco de volver a subirse a un escenario, que de manicurista estaba muy a gusto, y pues yo a sufrir en la decencia como mujercita abnegada hasta que descubrí que Gamaliel había vuelto a su antigua querencia y andaba de resbaloso con los clientes de la peluquería.

Eso sí que no lo pude soportar. Le dije que o regresábamos al talón o cada quien jalaba por su lado. Se puso a echar espuma por la boca, nunca lo había visto tan furioso, empezó a morderse los puños, a gritarme que yo con qué derecho le quería gobernar la vida si a él las viejas ni le gustaban, pinches viejas. Pues entonces por qué me regalaste la rosa de plástico, le reclamé, por qué te fuiste a vivir conmigo, hijo de la chingada. Con eso lo ablandé.

Poco a poco se le fue pasando el coraje, luego se soltó a chillar y acabó pidiéndome perdón de rodillas, como en las películas, jurando que nunca me dejaría, ni aunque termináramos en el último congal del infierno.

Como en la capital ya estábamos muy vistos fuimos a recorrer la zona petrolera, Coatzacoalcos, Reynosa, Poza Rica, ve que por allá la gente se gasta el dinero bien y bonito. Los primeros años ganamos harta lana. El problema fue que Gamaliel empezó a meterle en serio a la bebida. Se le notaba lo borracho en el show, a veces no podía cargarme o se iba tambaleando contra las mesas. El público lógicamente protestaba y yo a la greña con los empresarios que me pedían cambiarlo por otro bailarín. Una vez en Tuxpan armamos el escándalo del siglo. Yo esa noche también traía mis copas y nunca supe bien qué paso, de plano se nos olvidó la gente, creíamos que ya estábamos en el camerino cogiendo muy quitados de la pena cuando en eso se trepan a la pista unos tipos malencarados que me querían violar, yo también quiero, mamita, dame chance, gritaban con la riata de fuera. Tras ellos se dejó venir la policía dando macanazos, madres, a mí me tocó uno, mire la cicatriz aquí en la ceja, se armó una bronca de todos contra todos, no sé a quién le clavaron un picahielos y acabamos Adán y Eva en una cárcel que parecía gallinero, sepárenlos, decía el sargento, a esos dos no me los pongan juntos que son como perros en celo.

Ahí empezó nuestra decadencia. Los dueños de centros nocturnos son una maña, todos se conocen y cuando hay un desmadre como ése luego luego se pasan la información. Ya en ningún lado nos querían contratar, nomás en esos jacalones de las ciudades perdidas que trabajan sin permiso. Además de peligroso era humillante actuar ahí, sobre todo después de haber triunfado en sitios de categoría. En piso de tierra nuestro show se acorrientaba y encima yo acababa llena de raspones. Intentamos otra vez el retiro pero no se pudo, el arte se lleva en la sangre y a esas alturas ya estábamos empantanados en el vicio de que nos aplaudieran. Cuando pedíamos trabajo se notaba que le teníamos demasiado amor a las candilejas, íbamos de a tiro como limosneros, dispuestos a aceptar sueldos de hambre, dos o tres mil pesos por noche, y eso de perder la dignidad es lo peor que le puede pasar a un artista. Luego agréguele que la mala vida nos había desfigurado los cuerpos. Andábamos por los cuarenta, Gamaliel había echado panza, yo no podía con la celulitis, un desastre, pues. De buena fe nos decían que por qué no cantábamos en vez de seguir culeando. Tenían razón, pero ni modo de confesarles que sin público nada de nada.

Para no hacer el cuento largo acabamos trabajando gratis. De exhibicionistas nadie nos bajaba. Por lástima, en algunas piqueras de mala muerte nos dejaban salir un rato al principio de la variedad, y eso cuando había poca gente. Nos ganábamos la vida vendiendo telas, joyas de fantasía, relojes que llevábamos de pueblo en pueblo. Así anduvimos no sé cuánto tiempo hasta que un día dijimos: bueno, para qué trajinamos tanto si en Acapulco tenemos amigos, vámonos a vivir allá, y aquí nos tiene desde hace tres años, a Dios gracias con buena salud, trabajando para Berenice que ahora es la dueña del Sarape, mírela en la caja cómo cuenta sus millones la pinche vieja. Gamaliel es el señor que le recoge los tacones a las vedettes, ¿ya lo vio?, el canoso de la cortina. Guapo, ¿verdad? Tiene cincuenta y cuatro pero parece de cuarenta, o será que yo lo veo con ojos de amor. ¿A poco no es bonito querer así? No hace falta que me dé la razón, a leguas se ve que usted sí comprende, por eso le quería contar mi vida, para ver si es tan amable de hacerme un favorcito. Ahí en el pasillo, detrás de las cajas de refresco, tenemos nuestro cuarto Gamaliel y yo. Tenga, es todo lo que traigo, acéptemelo por caridad, ya sé que no es mucho pero tampoco le voy a pedir un sacrificio. Nomás que nos mire, y si se puede, aplauda.

El desvalido Roger

A mi hermano Ricardo

Misericordia: Puñal con que solían ir armados los caballeros de la Edad Media para dar el golpe de gracia al enemigo.

Del *Diccionario de la Real Academia*

Arrebujada en la manta eléctrica, Eleanore Wharton ignoró el primer timbrazo del despertador. El segundo sonaría dentro de un cuarto de hora, más enérgico, más cargado de reproches en nombre de la disciplina, y si continuaba durmiendo tendría que padecer cada cinco minutos un chillido insidiosamente calculado para transmitirle hasta el fondo del sueño un sentimiento de culpa. Odiaba el despertador pero lo consideraba una buena inversión. Sin duda los japoneses hacían bien las cosas. El vicio de quedarse aletargada entre las sábanas le había costado varios descuentos de salario. Ahora, con el auxilio de la alarma repetitiva, se había vuelto casi puntual. Ya no la regañaban tan a menudo en Robinson & Fullbright, la empresa donde trabajaba como secretaria ejecutiva desde hacía veinte años. Arrastraba, sin embargo, una injusta fama de dormilona que no quería desmentir. Sus jefes eran hombres y los hombres no tenían menopausia. ¿Cómo explicarles que a veces amanecía deprimida, sin ganas de trabajar, enfadada consigo misma por haber cruzado la noche con su cadáver a cuestas?

Hoy estaba recayendo en la indolencia. No se levantó con el segundo timbrazo: los japoneses podían irse al infierno. Lo malo era que habían logrado su propósito. Estaba despierta ya, tan despierta que reflexionó sobre la función cívica del sopor. Dios lo había inventado para que los hombres despertaran aturdidos y no pudieran oponerse al mecanismo inexorable de los días hábiles. Pero ella se había levantado sin lagañas en el cerebro, absurdamente lúcida, y nada le impedía pensar que su indolencia era tan acogedora y tibia como la cama. Sacó una mano del cobertor y buscó a tientas el vaso de agua que había puesto sobre la mesita de noche. Por equivocación tomó el que contenía su dentadura postiza y bebió el amargo liquido verde (*Polident, for free-odor dentures*) que la preservaba de impurezas. ¡Qué asco tener cuarenta y nueve años! ¡Qué asco levantarse lúcida y decrépita!

Pensó en su colgante papada, en la repulsiva obligación de «embellecerse». Otro motivo más para faltar al trabajo: una vieja como ella no tenía por qué hacer presentable su fealdad. Al diablo con los cosméticos y las pinturas. Que la hierba y el moho crecieran sobre sus ruinas; de todos modos nadie las miraría. Se había divorciado a los treinta, sin hijos, y desde entonces evitaba el trato con los hombres. A sus amigas las veía una vez al año, por lo general el día de *Thanksgiving*. Nunca las buscaba porque a la media hora de hablar con ellas tenía ganas de que la dejaran sola.

Su individualismo lindaba con la misantropía. Se guarecía de la vida tras una coraza inexpugnable y rechazaba cualquier demostración de afecto que pudiese resquebrajarla. Odiaba ser así, pero ¿cómo remediarlo? ¿Tomando un curso de meditación trascendental? Corría el peligro de encontrarse a sí misma, cuando lo que más deseaba era perderse de vista. No, la meditación y el psicoanálisis eran supercherías, trucos de maquillaje para tapar las arrugas del alma (un sorbo de agua pura le quitó el amargo sabor de boca) y ella necesitaba una restauración completa, un cambio de piel. Eleanore Wharton era un costal de fobias. ¿Por qué tenía que oír su voz dentro y fuera del espejo? Si al menos variara el tema de sus monólogos podría soportarla, pero siempre hablaba de lo mismo: la comida grasosa era mala para la circulación, Michael Jackson debería estar preso por corromper a los jóvenes, en este mundo de machos las mujeres de su clase no podían sobresalir, los hombres querían sexo, no eficiencia, la prueba eran los ejecutivos de la oficina, tan severos con las viejas y tan comprensivos con las jovencitas, pero nunca más permitiría que le descontaran dinero por sus retardos, eso no, por algo había comprado el despertador japonés con alarma repetitiva que ahora le ordenaba salir de la cama con chillidos atroces: *wake up fuckin' lazy, ¿estás triste, puerca?* Pues muérete de amargura, pero después de checar tarjeta.

Desconectó el reloj en franca rebelión contra Robinson & Fullbright. Llegaría tarde a propósito. No iba a desperdiciar una buena crisis existencial por complacer a sus jefes. Prendió el televisor desde la cama. La noche anterior había grabado un programa especial de Bob Hope y quería cerciorarse de que su casetera no le había jugado una mala pasada. El aparato, como de costumbre, había hecho uno de sus chistes. Lo tenía programado para grabar a partir de las doce y ahora veía en la pantalla el noticiero de las 11:30. Maldita Panasonic. Lo más latoso de sus descomposturas era tener que lidiar con el técnico de la empresa. Si mantenía las distancias y cruzaba con él unas cuantas palabras, las indispensables para explicarle cuál era la falla, se creaba una situación tensa, insoportablemente formal, pero cuando le ofrecía café y trataba de romper el hielo sentía como si expusiera su intimidad en una vitrina. ¿Por qué no inventaban aparatos que arreglaran otros aparatos?

El noticiario exhibía imágenes frescas del terremoto de México: edificios en ruinas, campamentos en las calles, mujeres que recorrían largas distancias para llenar baldes de agua. Pobre país. ¿Dónde quedaba México exactamente? ¿Junto a Perú? El hombre de la NBC hablaba de veinte mil muertos. Había sobrevivientes entre los escombros pero faltaba maquinaria para rescatarlos. También escaseaban la ropa y los víveres. Toma de la marquesina de un hotel con un reloj detenido a las 7:19. «Los mexicanos nunca podrán olvidar esta hora, la hora en que la tierra quiso borrar del mapa la ciudad más populosa del mundo». Corte a un edificio desplomándose. Corte al presidente agradeciendo la ayuda internacional. Se veía muy blanco para ser mexicano. Corte a gente del pueblo arrodillada en una iglesia. «En este escenario de dolor y tragedia los niños que han quedado sin familia y sin hogar son las principales víctimas». La cámara tomó a un niño semidesnudo que lloraba junto a las ruinas de una vecindad. «Niños como éste buscan desesperadamente a sus padres —el locutor fingió tener un nudo en la garganta— sin sospechar que nunca volverán a encontrarlos».

Eleanore sintió una punzada en el corazón. ¿El niño lloraba lágrimas negras o las teñía de negro el polvo de sus mejillas? Llevaba un suéter agujereado que a juzgar por el temblor de su cuerpo no lo protegía del frío. Tendría dos o tres años y sin embargo su cara convulsa, hinchada por el llanto, expresaba la desolación de un anciano que hubiera visto cien guerras. Tras él se levantaba, recortada contra un horizonte plomizo, una montaña de cascajo por la que trepaban bomberos y rescatistas con tapabocas. La información sobre el terremoto finalizó con un close up del niño.

Regresó el caset para verlo de nuevo. Ese pobre ángel vivía en México, pero ¿dónde estaba México? Era el país de los mariachis que cantaban tango, de eso estaba segura, pero no podía ubicarlo geográficamente. Congeló la imagen para estudiar al niño con detenimiento. Parecía desnutrido. Ella tenía la nevera llena de *t.v. dinners* (dietéticos, por supuesto) y se regodeaba contemplando a una criatura que lloraba por un mendrugo de pan. Egoísta. ¿Con qué derecho permanecía en la cama lamiéndose las heridas mientras había en el mundo tantos niños infelices y dignos de compasión? Alguien tendría que llevarlo a un orfanatorio, si acaso quedaban orfanatorios en pie. Increíble pero cierto: estaba enternecida. El pequeño damnificado le había devuelto las ganas de luchar. Hubiera querido meterse al televisor para consolarlo, para decirle que no estaba solo en el mundo. Saltó de la cama con el amor propio revitalizado. Eso era lo que necesitaba para sentirse viva: una emoción pura. Desde la oficina llamaría al técnico de la Panasonic y hablaría con él como una cotorra.

Ocupada en escribir contratos de propiedad inmobiliaria y hacer llamadas al registro catastral, no tuvo tiempo de pensar en su nueva ilusión hasta pasadas las doce, cuando escuchó un comentario del señor Fullbright sobre el terremoto de México. Lo que vio por televisión le había parecido tan pavoroso, tan impresionante, que nunca más iría de vacaciones a Acapulco. Miserable. ¿Cómo se atrevía a invadir un territorio sentimental que le pertenecía por derecho propio? Apostaba cien dólares a que había cambiado de canal para no ver la telenovela de los huérfanos mexicanos.

Después del lunch, aprovechando la ausencia de su jefe, consultó la enciclopedia que tapizaba la sala de juntas. México limitaba al norte con Estados Unidos y al sur con Guatemala. Costaba trabajo creer que Sudamérica estuviera tan cerca de Estados Unidos, pero el mapa no dejaba lugar a dudas: había menos de tres pulgadas entre su pueblo, Green Valley, y la ciudad malherida donde lloraba una criatura sin hogar, sin familia, sin amor.

Al regresar a casa volvió a encender la videocasetera. Nuevos y más intensos pálpitos de misericordia le cimbraron el pecho. Rompiendo su costumbre de no comer después del *dinner* hizo una cazuela de palomitas, puso a todo volumen el *Himno a la alegría* en versión de Ray Coniff y se arrellanó en la cama para ver la carita convulsa y adorable del niño mexicano que sentimentalmente ya le pertenecía. Dios lo había puesto en su televisor cuando faltaban cuatro días para que saliera de vacaciones. La orden celestial no podía ser más clara: corre a buscarlo, sálvate amando a ese pedacito de carne. Se llamaría Roger, no importaba cómo lo hubiera bautizado su madre. El mejor homenaje para la difunta sería criar al huérfano en un ambiente sano que le hiciera olvidar el trauma del terremoto. El boleto de avión a México no podía ser muy caro. Y aunque lo fuera: estaba dispuesta a hacer sacrificios desde ahora.

El hotel que le recomendaron en la agencia de viajes tenía la ventaja de estar pegado a la embajada estadounidense, adonde se dirigió en primer lugar para saber cuáles eran los trámites de adopción en el país. El joven que atendía la ventanilla de información le dijo que adoptar un niño en México era bastante complicado. El gobierno pedía muchos requisitos a los extranjeros, pero en las circunstancias que atravesaba el país quizá hubiera la consigna de agilizar el papeleo. No quería desanimada, pero el trámite podía tardar más de un año.

Salió de la embajada con una sonrisa de optimismo. Bienvenidas las dificultades: ella demostraría que el amor las vence todas. Tenía el propósito de buscar al niño científicamente. Antes que nada enseñaría el videocaset a la gente de la NBC para que le dijeran dónde habían encontrado al huerfanito. En la recepción del hotel obtuvo la dirección de la oficina de corresponsales extranjeros. La deletreó con serias dificultades a un taxista enemigo del turismo que no puso empeño en descifrar su balbuceante español y acabó arrebatándole la tarjeta de mala manera. El recorrido por las calles de México fue una sucesión de sorpresas, la mayoría desagradables. La ciudad era mucho más imponente de lo que suponía. Más imponente y más fea. Vio tantos perros callejeros que se preguntó si no serían sagrados, como las vacas en la India. ¿Por qué nadie se ocupaba de ellos? Los gigantescos charcos podían ser efecto del terremoto, concediendo que hubiera dañado el drenaje, pero ninguna catástrofe natural justificaba la proliferación de puestos de fritangas, el rugido ensordecedor de los autobuses, la insana costumbre de colgar prendas íntimas en los balcones de los edificios. El paisaje no mejoraba en el interior del taxi. El conductor tenía cara de asesino, pero llevaba el tablero del coche abarrotado de imágenes religiosas. ¿A quién podía rezarle un troglodita como él, que arriesgaba la vida de sus pasajeros con tal de ganar un metro de terreno y gritaba horribles interjecciones a otros automovilistas igualmente inciviles?

En la oficina de corresponsales extranjeros esperó más de dos horas al camarógrafo Abraham Goldberg, única persona que a juicio de la recepcionista podía ayudarla. No le gustaba nada tener que hablar con un judío. Tampoco la conducta de los reporteros y las telefonistas que pasaban a su lado insultándola con la mirada. ¿Creían que había ido a vender una grabación? Malditos chacales. Como ellos ganaban buenos dólares con el espectáculo del terremoto, no comprendían que alguien perdiera tiempo y dinero por una causa noble. Abrazando el videocaset permaneció en su puesto. Era como abrazar a Roger, como protegerlo de aquella turba inhumana. Tenía sed, pero no tanta como para tomar agua del bebedero que había frente al sillón de visitas. El agua de México era veneno puro, lo había leído en un artículo de *Selecciones*. Incluso los refrescos embotellados tenían amibas. No señor, ella no iba a caer en la trampa. Sólo bebería *su* agua, el agua cristalina y pasteurizada que había traído de Green Valley en higiénicas botellas de plástico.

Abraham Goldberg resultó ser tal y como lo había imaginado: narigón, antipático, de pelo crespo y especialmente hostil con la gente que le quitaba el tiempo. No entendía o fingía no entender su petición. «¿Pero usted quiere adoptar a ese niño en especial? ¿Cree que podrá encontrarlo entre dieciocho millones de habitantes?». A Eleanore le sobraban ganas de hacerlo jabón, pero mantuvo la calma y respondió con su mejor sonrisa que no deseaba molestarlo, sólo quería un poco de ayuda para localizar al niño. Goldberg le prometió hacer algo y fue a cambiar impresiones con un reportero que estaba escribiendo a máquina. Desde lejos Eleanore los oyó reír. La tomaban por loca. Claro, para ellos tenía que estar loca cualquier persona de buenos sentimientos. El compañero de Goldberg, más amable o más hipócrita, la llevó a un cuarto donde había una videocasetera. Vieron la escena del noticiero. Del niño se acordaba, pero no del nombre de la calle. ¿Por qué tanto interés en adoptar a ese niño si había muchos otros huérfanos en la ciudad? Eleanore se sintió herida. Por lo visto, la gente de la televisión era de piedra. ¿No comprendían que ese niño, ése en particular, había despertado su instinto maternal, y los instintos maternales eran intransferibles? Haciendo un esfuerzo por serenarse pidió al reportero que tuviera la gentileza de llamar a un colega mexicano. El hombre de la NBC hizo un gesto de fastidio.

—Se lo suplico. A una persona de la ciudad no le costará trabajo identificar la calle. Vine desde Oklahoma por este niño. Si usted no me ayuda estoy perdida —sollozó.

Minutos después llegó al cuarto un mexicano bilingüe. Aseguró sin titubeos que el niño estaba en la calle Carpintería, una de las más devastadas de la colonia Morelos. Eleanore memorizó los nombres al primer golpe de oreja. Dio efusivamente las gracias al mexicano y con menos calidez al reportero de la NBC. Ya de salida, cuando esperaba el ascensor, creyó escuchar que la despedían con risas.

Al día siguiente contrató en el vestíbulo del hotel a un guía de turistas que le ofreció sus servicios de intérprete por diez dólares diarios. Se llamaba Efraín Alcántara. De joven había conocido en San Miguel Allende a una profesora tejana (*you know, a very close friend*, fanfarroneó al presentarse) que le dio clases de inglés. Tenía el pelo envaselinado, el bigote canoso y los modales de un galán otoñal. A Eleanore le pareció un abuso de confianza que la tomara de la cintura para cruzar Paseo de la Reforma y repitiera la cortesía cuando bajaron del taxi en la zona acordonada por el ejército. Efraín sostuvo una larga conversación con el soldado que impedía el acceso a la calle. «Estoy diciéndole que somos parientes de unos damnificados, a ver si nos deja pasar», le informó en inglés. El militar no daba señales de ablandarse. Vencido por su intransigencia, Efraín volvió con ella y le susurró al oído: «Éste quiere dinero. Deme cinco mil pesos». Eleanore dudó un momento. No le gustaba prestarse a corruptelas. Lo correcto sería denunciar al soldado y obtener un permiso para entrar a la calle legalmente. Pero nada en ese país era correcto, y si quería encontrar a Roger tenía que seguir las reglas del juego. Sintiéndose criminal entregó el dinero a Efraín. El soldado los dejó pasar por debajo del cordón sin hacer un gesto que denotara vergüenza o turbación. Seguramente le parecía muy justo recibir sobornos.

Al incursionar en la zona de derrumbes, Eleanore percibió un lúgubre olor a carne descompuesta. Efraín había vuelto a tomarla de la cintura. Apartó su brazo con brusquedad (lo sentía obsceno, impertinente, lúbrico) y se tapó la nariz con un pañuelo. Había edificios totalmente pulverizados. Otros, retorcidos como acordeones, sólo esperaban un soplo de viento para venirse abajo. Sus antiguos habitantes, amontonados en casas de campaña, los vigilaban desde la calle ansiosos de recuperar muebles y pertenencias. ¿Cómo podían respirar ese aire de muerte y mantenerse tan joviales, como si asistieran a un picnic? Donde sólo quedaban escombros trabajaban las grúas, removiendo los bloques de concreto con extremada cautela. Efraín explicó a Eleanore —otra vez la oprimía con su pegajosa manita— que si trabajaban más aprisa corrían el riesgo de aplastar a posibles sobrevivientes. Ella asintió con desgana. No había venido a México a tomar cursos de salvamento. Examinaba con minuciosidad todas las ruinas en busca del escenario donde había visto a Roger. Tenía la corazonada, tan absurda como intensa, de que lo encontraría en el mismo sitio donde lo retrató la NBC.

Tras dos horas de búsqueda infructuosa, Efraín le pidió que fuera razonable. Nada ganarían buscando la vecindad en ruinas del noticiero. Quizá la hubiesen demolido ya. Sería más conveniente mostrar a los vecinos la foto del niño y preguntar si alguien lo conocía. Eleanore aceptó por cansancio, no por convencimiento, el sensato consejo de su intérprete. Más que de Roger se había prendado de su conmovedora imagen, y temía que su naciente amor no resistiera la desilusión de hallarlo con otro pasaje de fondo. Recorrieron casa por casa, incluyendo las de campaña, con la esperanza de que alguien lo identificara. La borrosa foto de Roger, producto imperfecto y deforme del coito visual entre su Polaroid y la pantalla televisiva, era un pésimo auxiliar en la investigación. Algunas personas la miraban con curiosidad, otras apenas la veían, pero al final todos negaban con la cabeza en una reacción que, vista cuarenta veces, acabó con la paciencia de Eleanore. ¿No estarían escondiendo al niño? ¿Querrían dinero a cambio de la información?

Llegaron al final de la calle sin haber obtenido una sola pista. Cuando iba saliendo, vencida y rabiosa, de la zona acordonada por el ejército, una mujer que había visto la foto la interceptó para darle una excelente noticia. El martes habían llevado a los huérfanos de la colonia a una clínica del Seguro Social. La camioneta recogió por error a uno de sus hijos y tuvo que ir a buscarlo. Había retehartos niños en esa clínica, tal vez ahí estuviera el que buscaban. Efraín apuntó la dirección y Eleanore musitó un «mouchas gratzias» que le salió del alma, del mismo rincón del alma donde tenía grabada la imagen de Roger.

A primera hora de la mañana se presentó en la clínica, después de haber dormido poco y mal por culpa de un mosquito. Había ya más de cincuenta personas en la cola para ver a los huérfanos. Efraín sacó una ficha de visita en la recepción. Dijo a la empleada que eran marido y mujer y luego contó su chiste a Eleanore con el regocijo de un adolescente pícaro. «Usted se cree muy gracioso ¿verdad?», respondió ella, irónica y despectiva. Efraín ya estaba cansándola con sus galanterías y sus manoseos de *latin lover*: sabía perfectamente bien que había venido a México en busca de un niño pero la trataba como a una mujerzuela en busca de aventuras. ¿Pensaría el estúpido que le pagaba los diez dólares diarios para llevárselo a la cama? El desaseo de la clínica era tan irritante como sus insinuaciones. Entendía que en una situación de emergencia hubiera enfermos en los pasillos, pero eso no disculpaba a las negligentes afanadoras que dejaban al descubierto las bandejas de comida y echaban algodones sanguinolentos en las tazas de café.

Avanzando con desesperante lentitud llegó a una sección del pasillo donde la cola se cortaba abruptamente. La causa: un esplendoroso vómito desparramado en el suelo. «¿Pero cómo es posible que nadie venga a limpiarlo?», reclamó a Efraín, convirtiéndolo en embajador de México ante su náusea. El intérprete se encogió de hombros, avergonzado. Eleanore lo aborreció más que nunca. Muy hombre para los coqueteos pero a la hora de protestar se acobardaba. Con el olor del vómito pegado a la nariz abandonó su lugar en la fila y tomó asiento en una banca desvencijada. Empezaba a tranquilizarse cuando sintió en el hombro la repugnante mano de Efraín.

—*Keep your place in the row!* —le ordenó, librándose de sus garras con un violento giro—. *And please, if you want your money don' t touch me any more.*

A modo de disculpa, Efraín murmuró que sólo había querido preguntarle si quería un café. Retornó a su lugar en la cola y desde ahí le dirigió una mirada rencorosa. ¿Se había enojado? Pues que renunciara. Sobraban pajarracos como él en todos los hoteles.

La sala de los huérfanos era una bodega improvisada como guardería. Los grandecitos, ojerosos de tanto llorar, miraban a los visitantes pegando las caras a un ventanal. Muy bien: aquí sí había una atmósfera de dolor humano como la del noticiero. Con el rostro de Roger en el pensamiento, Eleanore examinó a todos los niños de su edad. Por simple arbitrariedad sentimental descartó a los risueños: forzosamente Roger tenía que llorar, pues las lágrimas eran la mitad de su encanto. Se concentró en los llorones. No estaba entre los de la primera fila y en la segunda reinaba una incomprensible alegría. Más atrás había un chiquitín que se le parecía un poco. Pero no, la cabeza de Roger era redonda y ese niño la tenía alargada como un pepino. Por lo visto había hecho la cola en balde. Únicamente le faltaba examinar a un pequeño, el más llorón de los llorones, que hasta entonces le había dado la espalda. No llevaba calzoncito: buena señal, tampoco lo tenía su pedazo de cielo. De pronto el niño volteó y fue como si en su mente cayera un relámpago: ¡Ahí estaba Roger, angelical, triste, desvalido, llorando como en el reportaje del terremoto!

—¡Es el mío, ese de atrás es hijo mío! —gritó en ese momento una señora mexicana, señalando al mismísimo Roger.

Eleanore adivinó lo que se proponía la mujer, y olvidando la barrera del idioma gritó en inglés que aquel niño era huérfano y ella venía desde Oklahoma para adoptarlo. Efraín tradujo sus alaridos a la trabajadora social que cuidaba la guardería. Tanto Eleanore como su rival querían tocar al niño, que ahora, con los jalones de las dos mujeres, tenía sobrados motivos para desgañitarse.

—¡Sáquese a la chingada, gringa apestosa! Este es hijo mío, se llama Gonzalo —la mujer se volvió hacia Efraín—. Dígale que lo suelte o les doy a los dos en toda su madre.

Un médico llegó a pedir compostura y a tratar de resolver el enredo. Que las señoras mostraran documentos o fotografías del niño para saber quién era la verdadera madre. Eleanore se apresuró a sacar la foto de su bolso. La otra mujer no llevaba foto, pero sí un acta de nacimiento.

—No le haga caso a esta vieja loca, doctor. Yo soy la mamá de a de veras, quítele la camiseta al escuincle y verá que tiene un lunar arribita de su ombligo.

Ahí estaba el lunar, en efecto. Eleanore enmudeció. Habría podido seguir con la disputa, pero ya no estaba tan segura de haber encontrado a Roger. Aquel niño tenía los ojos rasgados, parecía un japonesito, y ella, que tanto apreciaba los aparatos japoneses, odiaba visceralmente a sus fabricantes. Pidió a Efraín que la disculpara con el doctor y con la madre del pequeño samurai. Estaba muy apenada, todo había sido un lamentable malentendido...

Corrió hacia la calle, procurando mantener la cabeza en alto por si acaso la vomitada seguía en el suelo. Mientras aguardaba el taxi, con Efraín escoltándola a prudente distancia, el aguijón de la duda volvió a trastornarla. ¿Y si a pesar de todo el niño fuera Roger? Quizá la televisión había cambiado un poco sus facciones. La mujer que lo reclamaba podía ser una explotadora de niños que aprovechaba el terremoto para conseguir carne fresca. Y ella lo había dejado en sus manos, lo había condenado a la desnutrición, a la delincuencia, a malvivir en una de esas horrendas chozas donde se hacinaban diez o doce personas en un ambiente insalubre y promiscuo. Dio media vuelta y caminó rumbo a la clínica. Tenía que rescatarlo. Efraín fue tras ella y se le interpuso antes de que atravesara la puerta.

—Espérese. ¿Adónde va?

—Por el niño. Es mío. Lo he pensado mejor y creo que esa tipa es una ladrona.

—Pues lo hubiera pensado antes de hacerme pedir disculpas. Ahora no podemos hacer otro escándalo.

—Si no quiere acompañarme, quítese —Eleanore intentó sacudírselo de un empujón y Efraín la metió en cintura con una bofetada.

—Óigame bien, señora. Ya me cansé de aguantar sus idioteces. Tome su dinero, yo hasta aquí llego. Nomás quiero advertirle una cosa: más vale que se calme o va a terminar en la cárcel. No está en su país, ¿entiende? Si es verdad que tiene tan buen corazón adopte a otro niño. ¿Por qué a fuerza quiere adoptar a ése?

—Le digo que se haga a un lado. No acepto consejos de cobardes que golpean a las mujeres. Déjeme entrar o llamo a la policía.

—¿Sabe una cosa? Usted está loca. Métase, ándele, haga su escenita y ojalá de una vez le pongan camisa de fuerza.

Dando zapatazos en la banqueta, Efraín se alejó hacia la parada de las combis. Eleanore guardó en su monedero los diez dólares. La bofetada le había devuelto la cordura y antes de volver a la sala de los huérfanos hizo una pausa reflexiva. Pensó en los ojos rasgados del niño, en el coraje de su presunta madre. A Roger lo defendería con alma, vida y corazón, pero sería estúpido luchar con esa víbora por un impostor.

Regresó al hotel acalorada y deprimida. Media botella de agua purificada le quitó la sed, mas no el desasosiego. Efraín había dado en el clavo: estaba loca. El capricho de buscar específicamente al niño del noticiero sólo podía echar raíces en un cerebro enfermo. A las personas normales que adoptaban niños las animaba la generosidad. Lo suyo era vil y sórdido. Roger no le importaba, eso tenía que admitirlo. Simplemente se gustaba en el papel de madre adoptiva. Y creyendo ingenuamente que prolongaría ese idilio consigo misma si encontraba al niño, había venido a México sin tomar en cuenta que la NBC pudo mentir acerca de su orfandad, o incluso, a falta de imágenes amarillistas, mostrar a una víctima de otro terremoto, el de Managua o el de Guatemala, para engañar a su indefenso auditorio de robots. Eran capaces de eso y más. Había visto ya cómo se comportaban. Sin duda le habían dado una dirección cualquiera para quitársela de encima. Bien hecho, muy bien hecho. No merecía mejor trato una vieja cursi como ella. Lo justo era tenerla dando vueltas en una ciudad de dieciocho millones de habitantes hasta que se cansara de hacer el ridículo. Pero no les daría el gusto de regresar con las manos vacías. Aunque su misericordia tuviera un fondo egoísta y aunque ya no soportara un minuto más en México, seguiría buscando a Roger. Era una cuestión de autoestima. No se imaginaba de vuelta en Oklahoma sin el niño en quien vería encarnado lo más noble y lo más tierno de su neurosis.

Buscó tres días más en hospitales, albergues y delegaciones de policía. Consiguió que anunciaran su causa en la radio. Aprendió a colarse en las zonas bajo control del ejército y husmeó cuanto pudo entre las ruinas del sismo. Fue inútil. A Roger se lo había tragado la tierra. Como no le gustaban las mentiras, decía sin rodeos que no era pariente del niño, que lo buscaba por simple amor al prójimo, y entonces invariablemente venía la sugerencia, cordial a veces, a veces impaciente y grosera, de que adoptara cualquier otro niño. Los mexicanos no sabían decir otra cosa. Iba muy de acuerdo con su carácter ese prejuicio contra los afectos unipersonales y exclusivos. Paseando por la ciudad había notado que sólo eran felices en grupo y más aún cuando el grupo se volvía muchedumbre. Separados no existían, por eso buscaban las aglomeraciones. En las peloteras del metro la gente reía en vez de lanzar maldiciones. Todo tenían que hacerlo en familia: si se trataba de visitar a un amigo enfermo iban al sanatorio el papá, la mamá, los ocho hijos y los treinta y cuatro nietos. No eran personas: eran partículas de un pestilente ser colectivo. Si algo la motivaba a llegar hasta el final en su misión filantrópica era demostrarle a ese país de borregos, a esa colmena sin individuos, que Eleanore Wharton tenía ideas propias, que sus extravagancias eran muy suyas, y que si jamás había renunciado a su independencia de criterio mucho menos cambiaría a Roger por un huerfanito cualquiera. Pero un contratiempo le impedía seguir adelante: sólo tenía reservas de agua para un día más. Era el momento de actuar con decisión, de jugárselo todo a una sola carta.

Para el último día de búsqueda rentó un automóvil en la casa Hertz. Prefería lidiar con el tráfico a lidiar con taxistas. Le habían recomendado que llevara la foto del niño a la oficina de personas extraviadas. Era un paso lógico, pero de nada servía la lógica en un país irracional. Confiaba más en la suerte. Tomó una avenida ancha y congestionada, sin importarle que la condujera o no a una zona de desastre. Los autobuses de pasajeros la sacaban de carril, echándosele encima como en las *road movies*. Conducir por el arroyo lateral era un calvario: cada minuto se detenía una combi a descargar pasaje y los autos de atrás tocaban el claxon como si ella se hubiera detenido por gusto. Roger tendría que adorarla para corresponder a su heroísmo. De pronto, sin previo aviso, apareció una valla que cerraba la avenida. Estupendo. Entraría en el embudo de la desviación y seguiría por donde buenamente quisiera llevarla el azar... Alto total: diez minutos para ver el paisaje. A la derecha un puesto de verduras. El dependiente «lavaba» sus mercancías con agua negra. Viva la higiene. A la izquierda un vagabundo agonizante acostado en la puerta de una cantina. Cuando Roger la hiciera enojar le recordaría que por su culpa había presenciado estos espectáculos. Pero quizás no valiera la pena sufrir tanto por un mocoso que se largaría de la casa cuando cumpliera dieciocho años. A vuelta de rueda llegó a un punto donde la calle se bifurcaba. Tomó a la izquierda. Tropezaría con Roger precisamente porque no iba en su busca. Vio una escuela junto a una fábrica. Excelente planeación urbana. Los niños terminarían la primaria con cáncer pulmonar y de ese modo quedaba resuelto el problema del desempleo. Estaba sudando sangre para salvar a Roger de ese destino y tal vez Roger resultara un patán incapaz de amarla. El plomo suspendido en el aire le produjo escozor en los ojos. Para colmo, entraba por la ventana un olorcillo a excremento. ¿Cuántos perros harían sus necesidades al aire libre? ¿Cien mil? ¿Medio millón? Y ella, la imbécil, que hubiera podido gozar sus vacaciones en un hotel de Grand Canyon o en una playa de Miami, estaba desperdiciándolas en esa gigantesca letrina. Era tan estúpida, tan absurda, que se merecía la nacionalidad mexicana. Maldita ocurrencia la de venir aquí para adoptar a un pigmeo que además de llorón era horrible. Pero ya tenía suficiente.

Volvería de inmediato al hotel y tomaría el primer avión a Oklahoma.

Dobló a la derecha en busca de una calle que la llevara en sentido contrario. Estaba en un barrio donde las casas eran de hojalata y cartón. Aquí el desastre ocurría siempre, con o sin terremoto. Abundaban los jóvenes de cabellos erizados, punks del subdesarrollo, que tomaban cerveza en las banquetas. Roger sería igual a ellos cuando fuera grande. Había sido muy ingenua creyendo que podría convertirlo en un hombre de bien. Iba pensando que el problema de los mexicanos no era económico, sino racial, cuando un niño apareció en el centro de la calle, como vomitado por una coladera. Oyó un golpe seco, un gemido, un crujir de huesos contra la defensa del coche. Bonito final para una benefactora de la niñez mexicana. Ahora vendría la madre a reclamarle y tendría que indemnizarla como si el niño fuera sueco. Una multitud armada con botellas, cadenas y tubos venía corriendo hacia el coche. Apretó el acelerador a fondo y en un santiamén los perdió de vista. No tenía remordimientos pero había sufrido una decepción. La de no haber atropellado al inocente, al tierno, al adorable y desvalido Roger.

La extremaunción

A mi hermano Carlos

La sábana amorosa i la mortaja son análogos lienzos de sepulcro.

LEOPOLDO LUGONES, *Las montañas del oro*

—Es Sixto. Dice que si puede ir a ver a su patrona, que la pobre no pasa la noche.

Oigo la noticia con hipócrita serenidad, casi con fastidio, reprimiendo el grito de aleluya que me salta en la garganta, la jubilosa comezón, los tambores de guerra que retumban en mi sexo, en mi barriga prominente y glotona, en mis sienes encanecidas de rencor.

—No quiero ir en balde, ¿ya la desahuciaron? —pregunto con la vista fija en el escritorio, esforzándome para no tartamudear.

—Creo que sí, padre. Sixto trae una carta del doctor Cisneros, pero se la quiere dar a usted en persona.

Sigo sentado aunque deseo ponerme de pie y correr a la puerta. No debo actuar como si toda la vida hubiera esperado este momento. Ni siquiera debo recordar las mil noches consagradas al odio que malgasté imaginando cómo actuaría hoy. Si me ahogo en los recuerdos corro el peligro de vivir a medias, sin plenitud ni conciencia, esta noche bendita y llena de gracia, la noche del feliz reposo, la que dará sentido a otras mil de tortura. Para mostrar indiferencia finjo seguir embebido en la lectura de los *Proverbios*. Me detengo en uno de los que subrayé cuando era seminarista (en aquel tiempo documentaba mi desgracia con citas bíblicas), especialmente adecuado para esta hora: «El corazón conoce su amargura y con ningún extraño comparte su alegría».

—Dígale que pase —ordeno a la sirvienta, uno de los extraños que no conoció mi amargura ni compartirá mi alegría.

Entra Sixto —el capataz que hasta en la cama sirvió a doña Ernestina, según decían las malas lenguas, y que yo conocí cuando, ágil y correoso, castraba puercos de una sola cuchillada—, convertido en un anciano de piernas torpes y rostro duro, cuarteado como un trozo de cecina. Leo sin retener el sentido de las palabras, atropellando renglones, y devuelvo la carta como si hubiera entendido el mensaje del médico.

—Me encargaron pedirle que por favor se apurara. Traje la camioneta para llevarlo.

A Sixto le brillan los ojos, parece contener el llanto. ¿O es otra clase de brillo, un brillo de cólera satisfecha? Ah qué Sixto, siempre tan ladino. Tú sí compartes mi alegría, ¿verdad? No mientas, nadie puede querer a la renga. Con un falso bostezo expreso mi rechazo a las emergencias, me levanto parsimoniosamente y voy rumbo a la sacristía pensando que no debo cometer el error de Sixto: necesito una mirada opaca, libre de chispas delatoras. El estuche de los santos óleos está cubierto de polvo. Lo limpio de un soplo y frente al espejo ensayo una mueca de piedad rutinaria, un gesto que invite a la resignación y engañe a los parientes de la moribunda. Inseguro de mis dotes histriónicas salgo a la calle. Sixto me espera en la puerta del atrio, empecinado en hacer la comedia del indio triste. Él sí es un buen actor. ¿O será que de veras le duele su muerte? Imbécil. Te usó como semental, te trató como esclavo, ¿y encima le tienes compasión? Ganas me dan de abofetearlo cuando le ayudo a subir al estribo de la camioneta. Podrían haber mandado un chofer más joven. O tal vez Ernestina ya no tenga sino viejos a su servicio. Es lógico, los jóvenes no aguantaron sus chillidos de rata hambrienta, su tacañería, el crujir de su pata de palo. Fueron abandonándola poco a poco y al final se quedó con los veteranos del masoquismo, tan acostumbrados a su látigo que morirán de tristeza cuando el azote diario llegue a faltarles.

Salimos del pueblo por la calzada principal y llegamos al entronque de la carretera. Yo viví aquí, donde ahora está la secundaria técnica, en una modesta casa de dos plantas. Abajo mi padre tenía su consultorio de veterinario y arriba nos apretujábamos mi madre, mis hermanos y yo en dos minúsculas habitaciones de paredes tan delgadas que parecían derrumbarse cuando pasaba el tren. Todos los días, en bicicleta o a caballo, recorría el camino por donde me lleva Sixto, que entonces no estaba pavimentado, para llevar a La Sauceda las vacunas contra la fiebre aftosa que preparaba mi padre. Antes de llegar al casco de la hacienda Cecilia me salía al paso. Sus apariciones tenían algo de salvaje y tarzanesco: desprendiéndose de los árboles, caía sobre mí como las flores de jacaranda que alfombraban el camino y festejaba la proeza con una carcajada resplandeciente. Quería siempre que le diera una vuelta y yo siempre quería que me lo pidiera porque me gustaba sentir sus pechos pegados a la espalda, el nudo de sus brazos en la cintura, su respiración en mi oído. Eran paseos inocentes. Gozábamos de piel a piel, sin enturbiar las sensaciones con reflexiones, como las plantas gozan los rayos del sol. No fue hasta más tarde, cuando Ernestina empezó con sus prédicas contra los manoseos y la lujuria, que descubrimos la diferencia entre el placer de tocarnos y otros placeres puros como beber agua o dormir. Ella nos infundió la culpa, la hedionda y sagrada culpa, y por ella, por huir de sus bastonazos, de sus regaños iracundos, los paseos se transformaron en citas clandestinas, los abrazos en besos furiosos, mordientes, en manos que buscaban el centro de nuestros cuerpos, en procacidad, en caricias que nos lastimaban el alma. Pero basta, basta de recuerdos, hoy es un día para embriagarme de presente.

Rompo el silencio con una charla banal:

—¿Cómo sigue tu mujer? No ha vuelto al dispensario desde que le di la pomada para la reuma. ¿Se alivió?

—Gracias a Dios y a su merced ya está mejor, padre, ora el enfermo soy yo—, responde Sixto, y me obsequia un tedioso informe sobre su salud que oigo pero no escucho.

El sonsonete de su voz y la recta de la carretera crean una atmósfera de hipnótica monotonía. Hay noche cerrada, se respira un aire cargado de agua. Mañana lloverá sobre los maizales que flanquean la carretera. Me preocupa que vayamos tan despacio. A este paso, Dios no lo quiera, llegaremos al entierro de Ernestina. Y ese retraso sí que me dolería, pues yo me debo interponer entre la coja y la eternidad como ella se interpuso entre Cecilia y yo. Vaya si se interpuso. Había consentido que fuéramos novios con tal de tenernos bajo estrecha vigilancia. Pero no le bastaba maniatarnos a dos sillones distantes. Con el pretexto de cuidar el honor de su sobrina, la mandaba a dormir cada vez más temprano para quedarse conmigo a solas. ¿Quiere un coñaquito, joven?, me decía, taimada y cantarina, y yo, por compromiso, por amor a mi novia, tomaba el trago y resistía su asqueroso asedio. No creo que mi cuerpo la entusiasmara. Quizá pretendía seducirme para humillar a Cecilia o por obtener una miserable, resentida victoria sobre nuestra juventud bípeda. Encimosa, me acorralaba en el sofá de la sala echándome a la cara su aliento pestilencial, desnudaba su horrible muñón y lo pegaba contra mi muslo, como si quisiera obligarme a desear lo más repelente de sí misma. Demasiado cobarde para proponer algo deshonesto, se parapetaba tras una charla inocua, decente, sórdida a fuerza de ir en contra de su desfachatez corporal: a los jóvenes nos faltaba experiencia, ella sabía más de la vida y le inquietaba que Cecilia y yo cometiéramos una tontería. Estábamos en la edad más peligrosa, la edad en que los jóvenes se tuercen o se enderezan. En mí confiaba, por supuesto, pero la niña tenía brasas en el cuerpo, hervía la niña, me lo aseguraba, si yo viera cómo se sofocaba por las noches, cómo amanecía sudando con el camisón desabotonado. Por eso a veces ella tenía que disciplinaria. ¿Verdad que yo la comprendía?

Sí, la comprendía. Comprendía que utilizaba los íntimos ardores de Cecilia para excitarme de carambola. Comprendía su retorcimiento y me aguantaba las ganas de insultarla, de matarla con su propio bastón, porque tenía el poder de las brujas en los cuentos de hadas, el don de convertir en polvo el amor. La hubiera complacido, lo juro, con tal de que librara del encantamiento a la princesa, pero una fuerza superior a mi voluntad me frenaba cuando, cerrando los ojos, hacía el intento de tocarla. Era a ti, Dios, a quien obedecía con esa impotencia, como si adivinara el mandato que más tarde aprendí de tu boca: «Gózate con la mujer de tu mocedad, cierva amable, graciosa gacela. Embriágate de sus amores en todo tiempo, su amor te apasione para siempre. ¿Por qué apasionarte, hijo, de una ajena, abrazar el seno de una extraña?».

Hemos tomado ya la desviación a La Sauceda y desde hace rato el corazón se me quiere desbocar. Acostumbrado a medir en años y meses la espera que hoy termina, me angustia que un trecho cada vez más corto me separe de la venganza. Los fanales de la camioneta alumbran desiertas casuchas de adobe, magueyes, liebres encandiladas. A un extraño este paisaje le parecería el de un pueblo fantasma. Yo lo veo como la radiografía de mi alma. De joven soñaba con abandonar estos breñales y huir a la capital. Quería ser abogado. Uno nunca sabe cómo ni cuándo se le pudre la vida. Jamás imaginé que terminaría siendo el cura de San Luis de La Paz. Tampoco tú lo imaginaste. Si lo hubieras barruntado no habrías hecho aquella rabieta que seguramente habrás olvidado por higiene mental o envilecimiento de la conciencia. Mi rechazo te punzaba el orgullo. Cada vez era mayor tu despecho, más fuertes los rechinidos de tu pierna postiza en las baldosas del patio cuando, herida por mis desaires, abandonabas la sala dando un portazo. Te desquitabas con los permisos de Cecilia:

mañana vuelven a las seis, hoy no puede salir, tampoco el lunes, la niña tiene clase de piano. Una sola revolcada conmigo y te habrías ablandado, estoy seguro. Pero yo era ingenuo. Amarte me parecía un pecado contra natura y preferí hablar claro en el momento menos oportuno: Cecilia y yo íbamos a casarnos, queremos vivir en México, si usted me estima denos su consentimiento, yo la quiero a la buena. De tu boca salió un gruñido espumoso y verde. Apartaste la mano que yo había puesto entre las tuyas para conmoverte y con la mayor abyección, con la más helada perfidia, lanzaste aquel discurso de virgen ultrajada: «¡Escuincle del demonio, suélteme! Ya estuvo bueno de andarme tentaleando, cochino, resbaloso. ¿Cree que no me doy cuenta de que es a mí a quien le tiene ganas? ¿Y usted qué dijo? Me caso con la sobrina para darme vuelo con la tía, ¿no? Mire, niño, si le he soportado tantas groserías es por respeto a su padre, que ha sido mi amigo de toda la vida, pero ni crea que le voy a dar entrada, ¡y de Cecilia olvídese! La pobre es fea, lo sé, pero se merece algo mejor que un mandadero de pueblo. ¡Y ahora lárguese! Qué hace ahí parado, suelte la copa. Ah ¿no se va? ¡Sixto, venga por favor! ¡Sáqueme de aquí a este niño malcriado!».

Salí a empujones, dolido y perplejo, por la misma puerta que ahora veo desde la camioneta, iluminada por un anémico farol. Nos estacionamos junto al abrevadero de las mulas. Enfrente miro la capilla de la hacienda, cerrada desde hace veinte años. Alcancé a oficiar misas en ella poco antes de la sequía que convirtió La Sauceda en un páramo. Creo que hasta la comunión te di, pero nunca te confesaste conmigo. Tenías remordimientos, claro. Yo también los tengo por haber seguido una vocación que nunca sentí. Entré al seminario a sabiendas de que sería un cura poltrón, apático, ajeno a las necesidades de mi grey. Únicamente me atraía del sacerdocio lo que arrebata más adeptos a la carrera: el celibato. Yo no podría ser de nadie sino de Cecilia y ella, dos años después de que la mandaste a Europa, me quitó la última esperanza con una postal en la que sonreía del brazo de un barbón, vestida de novia frente a la catedral de Reims. El latín y la teología no me causaron problemas. Incluso tenía fe. Lo que nunca pude aceptar fue la indulgencia con los pecadores, el estúpido ofrecimiento de la otra mejilla, la mansedumbre de Cristo. ¿Cómo admitir esas salvaciones en las que el pecador empedernido se arrepiente a última hora para entrar al cielo por la puerta trasera? De todos los sacramentos, la extremaunción es el que siempre me pareció más ridículo. Pero me gustaba y me gusta por absurdo. Me dio ideas, ¿sabes? La idea de pedir que me asignaran a esta parroquia para estar cerca de ti, esperando la hora de tu muerte. La idea de una extremaunción a contrapelo del dogma. La pícara idea de venir hoy a esta casona cuyas rejas se abren chirriando a un grito de Sixto, y donde salen a recibirme, cariacontecidos, seis o siete parientes que sin duda vinieron atraídos por el olor de la herencia y mi fiel compañero en estos trances, el acongojado y solícito doctor Cisneros.

—Otra que se le va, doctor.

—Contra su patrón es imposible luchar, padrecito.

—¿Puedo pasar a verla?

—Por favor, no vaya a ser que se nos adelante el diablo.

Respetuosamente los buitres de la familia se hacen a un lado. Apenas entro a la recámara el corazón vuelve a latirme a ritmo normal: estoy lúcido y tranquilo.

Corro el pestillo de la puerta y me cercioro de que no haya huecos indiscretos en la cortina. Entonces te miro. Más que agonizante, pareces ya un cadáver. Tu pelo, amarillento, se esparce en abanico sobre los cojines que te mantienen medio sentada. La luz de las veladoras acentúa las grietas de tu rostro y realza el azul de tus mejillas hundidas, amortajándote de claridad. En la mano izquierda sostienes un rosario que tiembla al compás de tu pulso. ¿No te sorprende verme aquí? No, has de creer que te perdoné, que el tiempo cicatriza las heridas. Con la lentitud y la elegancia de un obispo me acerco a tu lecho de muerte mirándote con lascivia, como tú me mirabas cuando querías seducirme y yo te rechazaba por tener una sola pierna, la pierna que ahora palpo, acaricio y estrujo con una rabia que te devuelve a la vida, que te hace reaccionar con débil furia en un fracasado intento de apartar el cuerpo que deseaste con tan poca fortuna en el pasado. Estoy dándote lo que me pedías, tu fantasía de minusválida cachonda. ¿Qué te molesta entonces? ¿Que te la cumpla tan a destiempo? Sí, tú ahora quieres el perdón de Dios, no estas manos vengadoras de su ministro que te frotan los senos arrugados como higos secos, no estos dedos que se introducen a la telaraña de tu sexo, no este dolor de morirte con todo el cochambre en el alma. Te arrebato el rosario y lo arrojo en el orinal. Me masturbo de prisa, perdona si no hago los debidos honores a tu cuerpecito de rana, y entonces, con la sotana arremangada, venciendo la repulsión de ver tu pierna inconclusa, te penetro dichosamente, hundo el ancla en el escollo que no me dejó navegar dentro de Cecilia. Querías irte al cielo por la ruta de los oportunistas y yo vine a impedírtelo con un sacramento nuevo. Toma la extremaunción que te mereces, toma tu gloria: la gloria inmarcesible de bajar al infierno con el vientre lleno de mis santos óleos. Dejamos de jadear al mismo tiempo, yo porque me vine, tú porque ya estás muerta. Me levanto de la cama satisfecho, limpia la conciencia, y en la luna del armario me aliso el hábito, compongo mi peinado, vuelvo a ser un sacerdote respetable.

Al salir informo al cónclave de chacales que ya pasaste a mejor vida.

—Dios la tenga en su gloria —murmuro con el gesto piadoso que tenía ensayado, y salgo al patio a gozar el fresco de la noche, la noche que por fin me dejará dormir tranquilo.

Hombre con minotauro en el pecho

A mi hermana Ana María

Mi amor a lo ornamental existe, sin duda,
porque siento en ello algo idéntico a la
sustancia de mi alma.

FERNANDO PESSOA, *Libro del desasosiego*

Voy a contar la historia del niño que pidió un autógrafo a Picasso. Como todo el mundo sabe, a principios de los años cincuenta Picasso vivía en Cannes y todas las mañanas tomaba el sol en la playa de La Californie. Su pasatiempo favorito era jugar con los niños que hacían castillos de arena. Un turista, notando cuánto disfrutaba la compañía infantil, envió a su hijo a pedirle un autógrafo. Tras oír la petición del niño, Picasso miró con desprecio al hombre que lo usaba como intermediario. Si algo detestaba de la fama era que la gente comprara su firma y no sus cuadros. Fingiéndose cautivado por la gracia del niño, solicitó al padre que le permitiera llevarlo a su estudio para obsequiarle un dibujo. El turista dio su consentimiento de mil amores y media hora después vio regresar a su hijo con un minotauro tatuado en el pecho. Picasso le había concedido la firma que tanto anhelaba, pero impresa en la piel del niño, para impedirle comerciar con ella.

Ésta es, *mutatis mutandis*, la anécdota que narran los biógrafos del pintor malagueño. Todos festejan el incidente, creyendo que Picasso dio una lección a los mercaderes del arte. Debí refutarlos hace mucho tiempo, pero no me convenía divulgar la verdad. Ahora no puedo seguir callando. Sé que manejan información de segunda mano. Sé que mienten. Lo sé porque yo era el niño del tatuaje y mi vida es una prueba irrefutable de que la rapiña comercial triunfó sobre Picasso.

Para comenzar, quiero dejar bien claro que mi padre no era turista ni tomó vacaciones mientras yo viví a su lado. Tanto él como mi madre nacieron en Cannes, donde trabajaban cuidando la residencia de la señora Reeves, una millonaria cincuentona, obesa y por supuesto norteamericana que pasaba los veranos en la Costa Azul y el resto del año repartía su ocio —un ocio tan grande que no cabía en una sola ciudad— entre Florencia, París, Valparaíso y Nueva York. Éramos una familia católica practicante a la que Dios daba un hijo cada año, y como nuestros ingresos, indiferentes al precepto bíblico, ni crecían ni se multiplicaban, sufríamos una miseria que andando el tiempo llegó a lindar con la desnutrición. Mi padre había visto en el periódico la foto de Picasso y creyó que podría ganar dinero con el autógrafo. La broma del pintor no lo desanimó. Cuando la señora Reeves llegó a la casa me ordenó que le mostrara el pecho. Ella era coleccionista de arte y al ver el minotauro quedó estupefacta. En un sorpresivo arrebato de ternura me tomó entre sus brazos, triturando mis costillas con toda la fuerza de sus doscientos kilos, y sin pedir la autorización de mis padres organizó una cena de gala para exhibirme ante sus amistades.

Yo era uno de esos niños rejegos que niegan el saludo a los adultos. Refunfuñaba cuando las amigas de mi madre me hacían arrumacos en la calle y procuraba estar cubierto de lodo para no tener que soportar sus besos. Decidí boicotear mi debut en sociedad. A regañadientes toleré que me vistieran con un estúpido traje de marinerito y me untaran el pelo con goma, como el día de mi primera comunión, pero no consentí que me aprisionaran los pies en los ridículos zapatos de charol que la señora Reeves subvencionó, junto con el resto de mi atuendo, para enmarcar decorosamente su joya pictórica. Parapetado bajo la cama oí los regaños de mi madre y los intentos de soborno de la señora Reeves, que me ofrecía una bolsa de caramelos a cambio de bajar a la sala donde un selecto grupo de *bon vivants* esperaba con impaciencia mi aparición. Así habría permanecido toda la noche, huraño y rebelde, si mi padre, al oír el escándalo, no hubiese venido a sacarme a patadas del escondite.

Si Dios y el infierno existen, le deseo la peor de las torturas. A partir de que Picasso estampó su firma en mi pecho, dejé de ser su hijo y me convertí en su negocio. Recuerdo que le brillaban los ojos cuando la señora Reeves, oronda como una elefanta recién casada, me llevó con el pecho desnudo al centro de un corrillo formado por vividores profesionales y aristócratas venidos a menos que se inclinaron a ver el tatuaje con esa cara de adoratriz en éxtasis que ponen los esnobs cuando creen hallarse frente a las obras maestras del Arte con Mayúsculas.

— *Isn't it gorgeous?* —preguntó la gorda, resplandeciente de satisfacción.

— *Oh, yes, it's gorgeous* —respondieron a coro los invitados.

En la mesa tenía reservado el sitio de honor. Temiendo que pescara un resfriado, mi madre intentó ponerme la camisa, pero la señora Reeves lo impidió con un ademán enérgico. Un famoso corredor de autos me retrató el pecho, procurando colocar la cámara de tal manera que mi rostro —carente de valor artístico— no estropeara la foto. Su novia, que entonces era cantante de protesta y hoy es accionista mayoritaria de la Lockheed, me hacía guiños de complicidad, como insinuando que ella sí entendía la broma de Picasso y despreciaba a esos idiotas por tomársela en serio. Simpaticé más con los invitados circunspectos, en particular con una condesa que tenía mal de Parkinson y sin embargo, por instinto maternal o por ganas de fastidiar a la anfitriona, se empeñó en darme de comer en la boca. Ninguna de sus temblorosas cucharadas llegó a mis labios, pero varias cayeron en mi tetilla izquierda, ensuciando la testuz del minotauro.

Aunque la señora Reeves trató de minimizar el percance con una sonrisa benévola, noté un rencoroso fulgor en su mirada cuando pidió a mi padre que limpiara la mancha con un algodón humedecido en agua tibia. Yo no comprendía por qué me trataban con tanta delicadeza, pero algo tenía claro en medio de la confusión: ese día mandaba en la casa. Por eso, cuando mi padre se inclinó a limpiar los cuernos del minotauro, derramé sobre sus pantalones un plato de sopa hirviente.

La señora Reeves obtuvo con la cena un gran éxito social. Fue algo así como su doctorado en sofisticación, la prueba de refinamiento que necesitaba para entrar al gran mundo, del que sólo conocía los alrededores. Yo le abrí las puertas del paraíso, y cuando llegó el fin del verano quiso mantenerme a su lado como amuleto. Vagamente recuerdo una discusión a puerta cerrada entre mis padres, el llanto de mamá cuando preparó las maletas, la despedida en el muelle con todos mis hermanos agitando pañuelos blancos. Entonces no supe bien lo que pasaba. Creí la piadosa mentira de mamá: la patrona me llevaba de vacaciones en su yate porque se había encariñado conmigo. Confieso que no extrañé a mi familia durante la travesía por el Mediterráneo. Además de alimentarme con generosas raciones de filete (manjar que desconocía mi estómago de niño anémico), la señora Reeves me permitía correr como un bólido por la cubierta, jugar a los piratas con los miembros de la tripulación y martirizar a Perkins −su gato consentido− prendiéndole cerillos en la cola. A cambio de tanta libertad sólo me prohibió exponer el pecho al sol para evitar un despellejamiento que −según decía la muy hipócrita− podía resultar dañino para mi salud.

Abrí los ojos demasiado tarde, cuando tomamos el avión para Nueva York. En la escalerilla la señora Reeves se despidió de mí con un lacónico *take care* y dos de sus criados me levantaron del suelo, tomándome delicadamente por las axilas, como a un objeto frágil y valioso. A esas alturas ya me sentía un pequeño monarca y creí que me llevarían cargando al interior del jet. Así lo hicieron, pero no a la sección de primera clase, como yo suponía, sino al depósito de animales, donde me envolvieron con una gruesa faja de hule espuma para proteger el minotauro contra posibles raspones. Perkins maulló vengativamente cuando me instalaron junto a él. En su jaula parecía mucho más libre y humano que yo. Entonces comprendí que me habían vendido. Entonces lloré.

No fue, desde luego, una venta descarada. Los abogados de la señora Reeves engañaron a las autoridades francesas presentando el trato como una beca vitalicia. Ella se comprometía a cubrir mis gastos de comida, vestido, alojamiento y educación a cambio de que yo le permitiera exhibir el tatuaje. Mi padre se deshizo de una boca y obtuvo cincuenta mil francos en una sola transacción comercial. Ignoro en qué resquicio de su conciencia cristiana pudo esconder esa canallada.

Endurecido por la pena y el ultraje, decidí aprovechar mi nueva situación y olvidarme para siempre del hogar que había perdido. Era un esclavo, sí, pero un esclavo envuelto en sábanas de seda. Con la señora Reeves me acostumbré a la comodidad y a la holganza. Desde que llegué a su piso en Park Avenue me hizo una lista de privilegios y obligaciones. Quería ser una madre para mí: tendría maestros particulares de inglés, piano, equitación y esgrima, los mejores juguetes, la ropa más cara. Sólo me rogaba que delante de las visitas imitara la quietud de los muebles. Me asignó un lugar destacado en la sala, entre una litografía de Goya y una versión en miniatura del Mercurio de Rodin. Mi trabajo —si se le puede llamar así— consistía en permanecer inmóvil mientras los invitados contemplaban el minotauro. Pronto llegué a odiar la palabra *gorgeous*. Los amigos de la señora Reeves no atinaban a decir otra cosa cuando veían el tatuaje. Pero aún más insoportables resultaban los «conocedores» que después de la obligada exclamación expelían su lectura personal de la obra.

—El minotauro es un símbolo de virilidad. Picasso ha

plasmado en el pecho del niño sus ansias de rejuvenecer, utilizando el tatuaje como un hilo de Ariadna que le permita salir de su laberinto interior hacia el paraje solar de la carne y el deseo.

—Digan lo que digan, el tema de Picasso fue siempre la figura humana. Es natural que su interés por el hombre lo haya conducido a prescindir del lienzo y a pintar directamente sobre la piel del hombre, para fundir el sujeto y el objeto de su expresión plástica.

Los comentarios de aquellos imbéciles me hicieron odiar a Picasso y con él a una parte de mi persona. En aquel tiempo no podía entender de qué hablaban, pero ya comenzaba a sentirme ninguneado, invisible, disminuido por el tatuaje que merecía más atención y respeto que yo. Algunos invitados no se molestaban en verme la cara: fijaban la vista en el minotauro como si yo fuera un marco de carne y hueso. De no haber sido porque la señora Reeves, cuando no interpretaba el papel de anfitriona culta, se mostraba tierna y cariñosa conmigo, creo que me habría suicidado antes de cambiar los dientes de leche. La ingenuidad me salvó. Ignoraba que las obras de arte necesitan mantenimiento. Con sus desplantes maternales, con su comedia de abnegación y calor humano, la señora Reeves no hacía otra cosa que proteger su inversión. Así como preservaba de la humedad sus óleos de Munch y Tamayo, me trataba con amor para conservar una vida que —le gustara o no— formaba parte del cuadro.

Tenía dieciséis años cuando mis hormonas declararon la guerra al arte contemporáneo. Una mancha de vellos negros cubrió primero las piernas del minotauro, subió desde mi ombligo hacia donde comenzaba la cabeza de toro y acabó sepultando el dibujo bajo una densa maraña capilar. La señora Reeves no había previsto que su propiedad se convertiría en un hombre de pelo en pecho. Desesperada, intentó rasurarme con una navaja, pero desistió al hacerme una cortadita que —para desgracia suya y regocijo mío— borró la o de la firma de Picasso. Después de abofetearme como si yo tuviera la culpa de lo que hacían mis glándulas, aplacó sus nervios con una fuerte dosis de tranquilizantes. Vinieron en su auxilio varios expertos en conservación de pintura. Para ellos el problema no era técnico sino estético. Lo de menos era depilarme con cera, pero ¿tenían derecho a interrumpir la evolución de una obra concebida para transformarse a través del tiempo? ¿Habría utilizado Picasso la piel humana si no hubiese querido que los pelos ocultaran el tatuaje cuando yo creciera? Un poeta que se jactaba de su amistad con el pintor dirimió la cuestión. A su juicio, los pelos cumplían la misma función que los boletos del metro y las cajetillas de cerillos en los cuadros de la época del cubismo sintético pintados en colaboración con Braque. Eliminarlos sería un crimen de lesa cultura, una bestialidad tan horrible como rasurar a la Mona Lisa bigotona de Marcel Duchamp.

Temiendo que la señalaran como enemiga de la vanguardia, la señora Reeves aceptó dejar el minotauro cubierto de vello. Creí que había llegado el momento de mi liberación. ¿A quién le interesaría un Picasso invisible? No había considerado que la canalla de las artes plásticas, cuanto menos disfruta una obra, más la enaltece y mitifica. Si el minotauro desnudo había causado sensación,

tapizado de pelos alcanzó un éxito espectacular. Ensober-
becida, la señora Reeves se comparaba con la señora de
Guermantes: daba tres cocteles a la semana y aun así tenía
en lista de espera a cientos de *socialités* que se disputa-
ban el privilegio de NO VER el tatuaje. Ahora los *gorgeous*
eran demenciales, eufóricos, y algunos invitados que no se
conformaban con elogiar lo inexistente me acariciaban la
pelambre del pecho arguyendo que la intención de Picasso había sido crear un objeto para el tacto. De las caricias
masculinas me defendía con patadas y empujones, pero
mis rabietas entusiasmaban a los agredidos en vez de apla-
carlos y había quienes exigían, con permiso de la señora
Reeves, que les pegara de nuevo y con más fuerza.

—Cuando el muchacho golpea —exclamó un día un
crítico del *New Yorker*, sangrando por nariz y boca—, la
protesta implícita en el minotauro se vuelca sobre el espectador, haciéndole sentir en carne propia la experiencia
estética.

Aquella época difícil, en la que no sabía si refrenar o
desatar mi agresividad, terminó providencialmente cuando la señora Reeves sufrió un ataque de embolia que la
llevó al otro mundo. Permítanme hacer un alto en la narración para escupir sobre su recuerdo. Aún después de
muerta siguió burlándose de mí. No esperaba gran cosa
de su testamento, apenas una renta modesta por todos mis
años de servicio, pero jamás imaginé que me incluiría entre sus bienes. Y encima se dio aires de filántropa. Fui do-
nado al museo de su pueblo natal (New Blackwood, North
Carolina) «con el deseo de que mis coetáneos conozcan
las obras más relevantes del arte moderno», según dejó escrito en una carta para las autoridades del ayuntamiento.

Esa traición acabó con mi paciencia. Estaba claro que nunca me otorgarían la libertad si yo no la conquistaba con mi propio esfuerzo. El notario de la señora Reeves retrasó deliberadamente los trámites de la donación para lucir ante sus amigos la pieza que tenía bajo custodia. Era un sujeto vulgar y despreciable. No sólo hirió mi dignidad humana depilándome con rudeza, pues con él no valían sofisticaciones: también lastimó mi orgullo artístico. Después de haber alternado con obras de mérito en la sala de la señora Reeves no pude soportar la compañía de sus baratijas clasemedieras. ¡Yo, un Picasso, junto a una reproducción de la Última cena de Salvador Dalí!

Escapé de su casa con la sensibilidad maltrecha. Vagabundeando por las calles de Manhattan llegué a Greenwich Village, donde hice amistad con un carterista portorriqueño, Franklin Ramírez, quien se ofreció a enseñarme su oficio a cambio de que le sirviera como ayudante. Trabajábamos en los vagones del metro en las horas de mayor congestionamiento. Yo dejaba caer unas monedas y Franklin deslizaba sus ágiles dedos en los bolsillos de los inocentes que me ayudaban a recogerlas. Con él pasé los días más felices de mi vida. Por fin alguien me trataba como ser humano. Era libre, tenía un compañero de aventuras, me ganaba la vida haciendo algo más divertido que posar como un muñeco de lujo. Lo más admirable de Franklin era su apabullante sinceridad en materia de pintura. El minotauro no le gustaba. Decía que la cabeza de toro estaba mal dibujada, que aquello era un monigote deforme, y como ejemplo de calidad artística me ponía su propio tatuaje: una rubia pierniabierta que le había pintado en la espalda un artesano de San Quintín. Franklin me daba el veinte por ciento de los botines y pagaba mis gastos de alimentación y vivienda. A su modo era más generoso que la señora Reeves, pero no dejaba de ser un rufián. Fingió creer que yo era un huérfano recién salido del reformatorio (inventé ese cuento inverosímil para no despertar su codicia) mientras averiguaba mi verdadera identidad. Pobre Frank, no lo culpo. Cuando los periódicos anunciaron la recompensa a quien diera noticias de mi paradero, creyó que haría el primer negocio limpio de su vida. La policía llegó de madrugada al hotelucho del West Side donde teníamos nuestra guarida. Al ver que mi socio no estaba en el cuarto comprendí que me había traicionado. Ya estaba grandecito para llorar. Hice algo más inteligente: denunciarlo por corrupción de menores. Lo detuvieron cuando fue a cobrar la recompensa. Pobre Frank. Él se había portado como Judas pero yo no era Jesucristo.

Los dos caímos presos. Franklin volvió a San Quintín y yo fui trasladado a una cárcel más inmunda, el museo de New Blackwood, donde tenía reservada una jaula de vidrio con un rótulo que daba crédito a la señora Reeves por su generoso donativo. Ahora me llamaba *Hombre con minotauro en el pecho*. El título sugería que no sólo el tatuaje, sino yo, su desventurado portador, éramos criaturas de Picasso. Por sublevarme contra esa barbaridad me gané la antipatía del director del museo, un funcionario gris y mezquino para quien mis exigencias de un trato humanitario no pasaban de ser caprichos de vedette. «De qué te quejas —decía— si te ganas la vida sin mover un dedo». Alegando estrecheces presupuestales me racionaba la comida. El suyo era un museo democrático, no se podría gastar más en mí que en otras piezas. En nombre de la democracia quería forzarme a permanecer inmóvil durante horas, a sonreír cuando los visitantes me tomaban fotos, a soportar sin estornudos el humillante plumero del anciano que hacía la limpieza. Estando ahí contra mi voluntad, yo no me sentía obligado a colaborar con él. Asumí una actitud rebelde y grosera. Cubría mi vitrina de vaho, hacía huelgas de pecho tapado, enseñaba el miembro a las jovencitas de *high school* y me burlaba de sus maestros de Historia del Arte, interrumpiendo sus lecciones con alaridos procaces: ¡No le hagan caso a ese cretino: el *Guernica* es una porquería, *Las señoritas de Aviñón* eran unas putas iguales a ustedes!

Las quejas por mi conducta llegaron a oídos del alcalde del pueblo, quien sometió mi caso a consulta pública. El director del periódico local opinaba que ninguna obra de arte, por importante que fuera, tenía derecho a insultar a sus espectadores. Considerando que si Picasso era ateo y comunista confeso yo bien podía ser el Anticristo, el jefe de la Iglesia metodista exigió mi expulsión inmediata de New Blackwood. Los liberales se opusieron: jamás permitirían que un fanático destruyera el tesoro artístico del pueblo. Para dar gusto a tirios y troyanos, el alcaide resolvió que se me tuviera encadenado y amordazado. Ni las bestias del zoológico recibían semejante trato.

Bien dicen que cuando más amargas son las adversidades, más cerca estamos de la salvación. La noticia de mi captura en Nueva York había puesto sobre aviso a los ladrones de museos. El de New Blackwood estaba mal protegido. Lo asaltaron de noche, luego de inutilizar fácilmente a dos vigilantes lerdos y oxidados por años de inactividad. Cuando los ladrones me iluminaron con sus linternas no pude contener un grito de alborozo. Comedidamente los ayudé a desconectar la alarma de la vitrina y me puse a sus órdenes: «Llévenme adonde quieran pero sáquenme de aquí. Yo mismo buscaré a mi comprador, no les daré molestias». Mi buena disposición a ser robado no los conmovió. Sentí un golpe en la nuca y un piquete en el brazo. El mundo se desplomó sobre mis párpados...

Desperté cuarenta y ocho horas después en un sótano maloliente. Supongo que me pusieron una dosis de somnífero como para dormir camellos. Nunca vi las caras de los asaltantes. Recelosos de que los identificara, me llevaban la comida con máscaras del Pato Donald. Acostado en un catre piojoso escuchaba el goteo de la lluvia, los timbrazos de un teléfono, el zumbido lejano de los tranvías. Más que las incomodidades, me atormentaba ignorar cuál sería mi destino. ¿Pedirían rescate a las autoridades de New Blackwood? ¿Me arrancarían el pellejo para venderlo en el mercado negro?

Recobré la tranquilidad cuando uno de los secuestradores tuvo la gentileza de informarme que estaba en Hamburgo. Mi robo fue un trabajo realizado por encargo del magnate alemán Heinrich Kranz, mejor conocido como el Rey de las Nieves por su participación en el tráfico internacional de cocaína. Kranz ordenó que no me sacaran del sótano hasta el día del cumpleaños de su mujer, a quien deseaba dar una sorpresa. Con los ojos vendados fui conducido a un castillo de la Selva Negra —la residencia campestre de Kranz— donde tuvo lugar la fiesta. En un amplísimo salón, iluminado con la pirotecnia de una discoteca, se congregaba lo más exquisitamente corrupto del jet set europeo. Apenas repuesto del vértigo inicial contemplé, horrorizado, estampas que más tarde me parecerían familiares. El invitado más serio tenía el pelo pintado de verde. Un boy scout septuagenario acariciaba las nalgas de un muchacho que podía ser su nieto. En una plataforma circular bailaban rumba tres hermafroditas. Junto a la pista de baile había una fosa llena de lodo en la que se revolcaban parejas desnudas.

Con una copa de champaña que alguien puso en mi mano recorrí el salón. La cocaína circulaba con generosidad. Un travesti con hábito de monja me besó a mansalva. Las mujeres de verdad —bellísimas casi todas— se mordían los labios cuando pasaba junto a ellas, como invitándome a fornicar enfrente de sus maridos. Su conducta era tan obscena como la decoración del castillo. Los Kranz tenían una impresionante colección de pintura y escultura, pero maltrataban deliberadamente sus tesoros, por los que no sentían el menor aprecio. El *Cristo amarillo* de Gauguin estaba colgado de cabeza, como en una misa negra, y tenía pegada en la boca una verga de hule. Había unas *Mujeres en bronce* de Henry Moore disfrazadas de putas, con bragas transparentes y sostenes de lentejuela. Vi a un bárbaro apagando un cigarrillo en un autorretrato de Rembrandt, a otro que derramó su copa sobre un icono ruso del siglo XIV. ¿Qué uso le darían a mi tatuaje? No quise averiguarlo. Corrí en busca de una salida. Cuando trataba de saltar por la ventana, dispuesto a romperme la columna vertebral si era necesario, me tomó por el cuello un guardaespaldas chino. «La señola estal espelándolo», gruñó, amenazándome con un revólver. Tuve que acompañarlo al salón de cultura grecorromana. Estaba decorado como un tugurio de cuarta categoría. Una luz roja, prostibularia, iluminaba estatuas de atletas olímpicos, bustos de Trajano y Marco Aurelio, ánforas etruscas que servían como escupideras. Una rocola tocaba insulsas piezas de música country. Parecía más vieja que las antigüedades milenarias. El chino me ordenó tomar asiento en una mesa de patas disparejas ocupada por una fichera escuálida y ojerosa que llevaba lunares postizos en las mejillas y una camiseta con la leyenda *Fuck me and leave me*. Era mi nueva propietaria: la perversa Brunhilde. Me saludó a la manera de Calígula, con un artero apretón de testículos.

—Bienvenido al Club de Profanadores del Arte. No sabes cuánta falta le hacías a mi colección. Tú eres algo distinto. Ya estaba cansándome de las obras inanimadas. Por mucho que las odie, una se cansa de pisotearlas.

—¿Por qué odia usted el arte? —pregunté, amedrentado por su tierno saludo.

—Qué maravilla. Además de guapo eres ingenuo —la perversa Brunhilde me miró con una mezcla de compasión y desprecio—. ¿Crees que tu deleznable tatuaje merece algún respeto? No, mi cielo, aquí no. Yo me río de Picasso y de la gente que lo admira, empezando por tu antigua dueña, que en paz descanse. Pobre ballena. Se creía culta y sublime. Yo vengo de vuelta de todo eso. Estamos en la edad de la impostura, cariño. El arte murió desde que nosotros le pusimos precio. Ahora es un pretexto para jugar a la Bolsa. Yo muevo un dedo y la tela que valía cien dólares en la mañana se cotiza en cincuenta mil por la noche. Si hago esos milagros, ¿no crees que también puedo quitarle valor al arte? A eso me dedico desde hace algunos años. Heinrich podría comprarme todo lo que yo quisiera, pero tengo debilidad por las obras robadas. Es un primer paso para desacralizarlas, para quitarles la aureola de dignidad que tienen en los museos. Después viene lo más divertido: escupirlas, ensuciarlas, barrer el piso con ellas. ¿Y sabes por qué, ricura? Porque al hacerlo me destruyo a mí misma, porque ya no puedo creer en nada, ni siquiera en mi jueguito de las profanaciones, que vuelve locos a estos idiotas, pero a mí ya no me satisface. Quisiera que alguien me tratara como yo trato a las piezas de mi colección. Para eso te necesito: ¡Castígame, amor, pégame, destruye a tu puta!

La perversa Brunhilde lloró sobre mis rodillas, como una mujerzuela que al filo de la muerte se arrepintiera de su vida pecadora. Confieso que su discurso me había conmovido. Desde niño venía padeciendo todo lo que Brunhilde denunciaba. Los comerciantes del arte me habían destrozado la infancia. Picasso dibujó el tatuaje para insultarlos, y ellos, en vez de ofenderse, le demostraron a costa de mi felicidad que hasta sus burlas valían oro. Limpié con un pañuelo las lágrimas de Brunhilde. Pobre mujer. En el fondo era una moralista, como todos los grandes libertinos. La estreché tiernamente contra mi pecho, para decirle sin palabras que yo la comprendía y la respetaba. Fue un error imperdonable. Había pasado su momento de flaqueza y creyó que trataba de hacerle un chantaje sentimental. En sus ojos brilló de nuevo la chispa del rencor.

—¡Li Chuan, ven para acá! —el chino acudió corriendo—. Llévalo a mi cuarto y que se quite la ropa. Odio a la gente que me compadece. Prepárate, muñeco, porque vas a conocer a la perversa Brunhilde.

En su recámara perdí hasta el último residuo de castidad. Sería ingenuo decir que me redujo a la categoría de objeto sexual, pues lo cierto es que mi cuerpo no le importaba. Toda su refinada lujuria se concentraba en el tatuaje. Lo pellizcó, lo arañó, lo lamió hasta quedar con la lengua seca, embadurnándole jalea de arándano cuando se aburría de saborear mi piel. Le hice el amor con una capucha, porque no quería verme la cara. Como estaba dentro de su cuerpo y sin embargo no existía para ella, mi primer lance amoroso me dejó un regusto a frustración. Después vinieron los latigazos, no dados a mí, desde luego, sino al minotauro, a Picasso, a la propia conciencia de Brunhilde. Yo era el que sangraba pero no el que recibía el castigo. Roció mis heridas con limón, volvió a cabalgarme y cuando se acercaba el momento del orgasmo me clavó un alfiler en el pecho. El dolor fue tan intenso que perdí el conocimiento, pero Brunhilde me administró sales de amoniaco para prolongar el suplicio. Había frente a la cama un cuadro de Chagall que de vez en cuando se movía hacia la derecha, dejando ver un orificio indudablemente destinado a un voyeur: ¿Sería Heinrich Kranz o algún amante de Brunhilde? Cuando ya no tenía fuerzas ni para implorar piedad me llevaron a un calabozo donde estuve encerrado tres días. En las paredes había fotos de iconoclastas famosos: el salvaje que desfiguró *La piedad* a martillazos compartía una especie de altar con la viejita que arrojó ácido sulfúrico a *Las meninas*. Abundaban los dibujos de palomas. Brunhilde las adoraba, no precisamente porque fueran símbolos de la paz, sino por su excremento, que destruye las fachadas de las catedrales.

La estancia en el calabozo aniquiló mis ímpetus de rebeldía. La perversa Brunhilde me tenía en su poder y nada ganaría con oponerme a sus caprichos. Al salir estaba dispuesto a obedecerla en todo, y como ella, por el momento, se había cansado de mí, lo que me ordenó fue complacer a sus amigas. Admito que cumplí gustosamente su encargo. Quien juzgue desvergonzada o cínica mi conducta debe tomar en cuenta que yo era un adolescente en pleno despertar sexual. Si participé con ahínco en orgías y camas redondas, si colmé de placer a las amigas de Brunhilde, si dejé que me orinaran el tatuaje y les di bofetadas y me disfracé de minotauro para cumplir sus fantasías, fue porque estaba en la primavera de la sensualidad. No me arrepiento de nada, salvo de haber permitido que me usaran de intermediario para acostarse con Picasso.

Brunhilde y Heinrich pertenecían a la crema y nata del hampa internacional; es decir, se codeaban con banqueros y presidentes constitucionales. De un ambiente así no es fácil salir moralmente ileso. Aprendí a mentir, a robar las joyas de mis amantes, a chantajearlas, a hacerme el remolón para que me dieran buenas propinas. Me convertí —digámoslo claro— en un vulgar prostituto. Y fue como prostituto que tuve la idea de obtener los derechos para explotar el minotauro. Seguí el ejemplo de los futbolistas profesionales, que cuando no están a gusto en un club compran su carta para venderse al mejor postor. ¿Por qué debía seguir en el equipo de los Kranz si era el dueño natural de un tatuaje tan codiciado?

Huir de Alemania no era difícil, pero una vez en libertad necesitaba sacudirme a las autoridades de New Blackwood, que sin duda tratarían de hacerme volver al redil. Preparé la doble evasión con inteligencia y desparpajo. Primero sustraje del castillo de la Selva Negra una Venus de Rubens y la escondí en una cabaña abandonada. Nadie notó su ausencia. Brunhilde había convocado a su satánica tribu a una fiesta que duraría todo el fin de semana. Di el pitazo a la policía, que llegó alrededor de la medianoche, cuando la coca se consumía a narices llenas. Como aún era menor de edad fui el primero en salir de la cárcel. Afuera me esperaban dos detectives. Los había enviado el alcalde de New Blackwood al tener noticia de mi captura. Por teléfono le propuse un trato: le regalaría la Venus de Rubens, una pieza mucho más valiosa que el minotauro, a cambio de mi libertad y diez mil dólares. El tacaño se negó a pagar la compensación económica, pero aceptó el intercambio.

Tome el primer avión a París, resuelto a enriquecerme con el tatuaje. Gracias a mi habilidad para las relaciones públicas reuní rápidamente una clientela de millonarias excéntricas que pagaban sumas exorbitantes por irse a la cama con una obra maestra del arte contemporáneo. Instalé un lujoso departamento en el barrio de Saint Germain. Recibía a dos o tres mujeres por noche, poniéndolas en distintas habitaciones, como los dentistas que atienden a varios pacientes al mismo tiempo. Llegué a cobrar una tarifa extra por quitarme la camiseta y a las mujeres proclives a los arañazos les impedía tocar el tatuaje. Que sufrieran: acostarse conmigo era tan prestigioso como lucir un modelo exclusivo de Cocó Chanel.

Cuando juntara mi primer millón de dólares tenía pensado comprar una casa en Cannes, de preferencia la casa donde crecí, para que mi padre se muriera de rabia al verme emancipado y próspero. No contaba con los malditos inspectores del Ministerio de Cultura. Tocaron a mi puerta un domingo, acudiendo al llamado de una cliente despechada que no me llegó al precio. Padecí un largo interrogatorio. Habían descubierto que la transacción de mi padre con la señora Reeves era inhumana y anticonstitucional. Chocolate por la noticia, les dije, indignado por la rudeza con que me habían obligado a mostrarles el tatuaje. Me pidieron reconstruir todo el viacrucis de mi vida, desde la venta en Cannes hasta la prostitución en París. Hice un relato melodramático, entrecortado con sollozos, en el que yo interpretaba siempre el papel de víctima: la sociedad era culpable de todas mis desgracias, me habían tratado peor que a un esclavo, era yo quien debería denunciar a quienes me explotaron. Los emocioné hasta las lágrimas. En un arrebato de cursilería, el jefe de Inspectores me pidió disculpas a nombre del género humano.

Como lo sospechaba, el gobierno francés, a pesar de su máscara humanitaria, en el último instante me dio una tarascada. Les apenaba profundamente que personas sin escrúpulos hubiesen utilizado el tatuaje, y por ende mi cuerpo, con fines de lucro, causándome perjuicios de orden psicológico y moral. Por ello, como una mínima compensación por mis desdichas, me ofrecían una beca para estudiar una carrera técnica. Pero eso sí, un Picasso era un Picasso y tres veces a la semana tendría que posar en el centro Georges Pompidou, donde por supuesto respetarían mi calidad humana.

Entré a estudiar Ingeniería Industrial con la ilusión de quien empieza una nueva vida. Quería ser normal, salir con muchachas de mi edad, trabajar en algo de provecho.

Asistía puntualmente al Centro Pompidou, esforzándome por tratar con amabilidad a todos los visitantes, incluyendo a los detestables fanáticos de Picasso que se quedaban frente al tatuaje tardes enteras. El más fastidioso era un profesor marxista de Estética que pretendía utilizarme para fundamentar su tesis de doctorado sobre la manipulación del gusto en la sociedad burguesa. Mi caso demostraba la vigencia del ciclo mercancía-dinero-mercancía en la economía política de la producción artística. Tampoco para él era un simple mortal.

Habría soportado a ése y a mil cretinos más si no hubiera enloquecido al poco tiempo de ser un ciudadano común y corriente. Ocurrió que mi nueva vida, una vida sana, laboriosa y sencilla, me dejaba un profundo vacío interior. Creyendo que me hacía falta una pareja intenté relacionarme con mis compañeras del Politécnico, que nada sabían del tatuaje, y descubrí con espanto que no podía corresponder a su cariño. Esperaba de ellas el trato inhumano al que me había acostumbrado en mi larga carrera de objeto artístico. No sólo era un exhibicionista irredento, sino que había desarrollado un sentimiento de inferioridad respecto al minotauro, una morbosa complacencia en ser el deslavado complemento de la gema que llevaba en el pecho. Y esas jovencitas ni siquiera veían el tatuaje. Me amaban a mí, al hombre que nada podía ofrecerles por carecer de la más elemental autoestima.

No sólo en el amor fracasaba, también en los estudios. Dicen que el arte es inútil o no es arte y mi carácter lo comprueba. Incapaz de un esfuerzo mental sostenido, acostumbrado a la quietud y al ocio, en las aulas y fuera de ellas me dedicaba al *dolce far niente*. Puesto que mi única vocación era el reposo, prefería ejercerla en el Centro Pompidou, donde me pagaban las horas extras a trescientos francos. Necesitaba estar en exhibición para no deprimirme, pero el remedio era peor que la enfermedad, pues al huir del trabajo productivo me hundía más y más en mi deplorable condición ornamental. Esa contradicción me arrojó a la bebida. Tomaba solo o acompañado, en plena calle o en los baños del Centro Pompidou; tomaba coñac, cerveza, ron, lejía, lociones para después de afeitar, vinagre. Tenía crudas espantosas, delirios en los que veía luchar a Picasso contra Dios. ¿Cuál de los dos era el Todopoderoso? La muerte, comparada con esa lóbrega vida, se antojaba un trámite amable, una solución feliz.

Rindiendo tributo al lugar común estuve a punto de arrojarme al Sena, pero en el último instante preferí los nembutales. Había ingerido cuatro cuando tuve una idea luminosa. En las últimas semanas, empobrecido hasta la hambruna, había estado bebiendo aguarrás. Tomé la botella y derramé un chorro en un trozo de estopa. Tallando con fuerza desvanecí primero los colores del tatuaje. La mano me temblaba, tuve que darme valor con un trago de aguarrás. El contorno del dibujo desapareció luego de mil fricciones dolorosas. Finalmente, sin reparar en irritaciones y quemaduras, asesiné con esmero la firma de Picasso. Había roto mis cadenas. Yo era yo.

Sintiéndome desnudo, resucitado, prometeico, fui corriendo a mostrar mi pecho a los inspectores del Ministerio. Quería presumir altaneramente mi fechoría, demostrarles quién había ganado la batalla. Pero ellos guardaban un as bajo la manga: la cláusula sexta del párrafo tercero de la Ley de Protección del Patrimonio Artístico. La encantadora cláusula dispone una pena de veinte años de cárcel para quien destruya obras de arte que por su reconocido valor sean consideradas bienes nacionales. «¿Y qué pasa cuando una obra destruye a un hombre?», les pregunté, colérico. «¿A quién habrían castigado si hubiera muerto por culpa del tatuaje?». Cruzándose de brazos me dieron a entender que no tenía escapatoria. En una camioneta blindada me condujeron a esta prisión, donde me dedico desde hace meses al kafkiano pasatiempo de escribir cartas al secretario general de la ONU, rogándole que interceda por mí en nombre de los Derechos Humanos. Como el secretado no se ha dignado responderme todavía, he decidido publicar este panfleto para que mi situación sea conocida por la opinión pública.

¡Exijo libertad para disponer de mi cuerpo!

¡Basta de tolerar crímenes en nombre de la cultura!

¡Muera Picasso!

La última visita

a Carlos Olmos

—Hijita de mi vida, qué milagro que te dejas ver.

—No es un milagro. Vengo todos los jueves, como quedamos.

—Quedamos en que no íbamos a mencionar el pacto. Si me lo vas a echar en cara no sé a qué vienes.

—Perdón. Tenía muchas ganas de verte. ¿Así está bien? ¿O prefieres que diga que te extrañaba mucho?

—No me lo creería; nos vimos el martes en casa de tu hermano. Mejor pórtate como una visita normal. Pregúntame cómo sigo del riñón o algo que suene a cordialidad forzada.

—Ésas eran las preguntas que te hacía Matilde, la novia del Tato, y si mal no recuerdo la detestabas por hipócrita.

—Tienes razón, pero en ese tiempo creía en la sinceridad de las visitas. Ahora ya no me hago ilusiones. Prefiero el falso protocolo de la gente que visita por compromiso.

—No empieces tan pronto con tus amarguras. Resérvatelas para cuando llegue Rodolfo.

—A lo mejor no viene. Habló para decirme que tiene una junta en el banco. Es mentira, pero ya sabes cómo le gusta darse a querer.

71

—Agradécele que te haga sentir incertidumbre. Así puedes mortificarte pensando que no vendrá y luego lo recibes con más gusto, como si te cayera de sorpresa.

—De tu hermano sólo podría sorprenderme que llegara sobrio. Por cierto, ¿no quieres una cuba?

—Con muy poquito ron, si me haces favor.

—¿Esperas que te la sirva yo? En esta casa cada quien se sirve solo.

—Ya lo sé, mamá, pero tengo que hacerme la recién llegada para que puedas decir ese diálogo. Si no lo dices, revientas.

—Por decirlo tanto la gente se creyó que esto era una cantina. Llegaban a la casa y antes de venir a saludarme iban a servirse un trago. Pero eso sí, ninguno tenía la decencia de traer una botella.

—Roberto sí traía.

—Porque yo se lo pedí cuando ya me tenían hasta la madre sus primos y los amigos de sus primos. Un día le dije: «Mira, Roberto, tú eres como de la familia y yo te quiero mucho, pero si vas a venir con tu séquito coopera con algo, ¿no?»

—En aquel tiempo te podías dar ese lujo. Si hoy vinieran él y toda su familia, seguro los recibías con champaña.

—Eso harías tú, que no tienes dignidad. ¿Ya se te olvidó cómo te pusiste cuando Rodolfo encontró a Pablo Espinosa robándose mis pulseras y lo corrió de la casa? Por poco te desmayas del coraje. Gritabas que nadie tenía derecho a meterse con tus amigos y que Rodolfo era un envidioso porque no tenía visitas propias y se desquitaba con las tuyas. No, Blanca, yo toleraba gorrones, pero tú eras débil hasta con los rateros.

—¿Y cómo querías que me comportara? Desde niña me acostumbré a ver la casa llena de gente. Por tu culpa nunca tuve intimidad.

—Ya vas a salirme con tus traumas de la infancia. El papel de víctima te quedaba bien cuando tenías dieciocho años, no ahora que vas a cumplir cuarenta. A esa edad los traumas ya hicieron costra. Y además es muy temprano para que me acuses de haberte desgraciado la vida. Eso anima la conversación a las dos de la mañana, pero suena muy falso cuando ni siquiera te has tomado la primera cuba. ¿Por qué no vas por una y me traes un tequila?... Traumas a mí. A ésta le salen los traumas cuando lleva una semana sin coger; como si no la conociera... Y el hermano es igual, sólo que él se trauma cuando coge. Soy madre de dos pendejos...

—¿No oyes que está sonando el teléfono?

—¡Bendito sea Dios, yo contesto! ¿Bueno?... ¿Adónde quiere hablar?... No, aquí es casa de la familia Beltrán... Espere, no cuelgue, la voz de usted me suena conocida. ¿No es de casualidad Emilio Uribe?... Pues le juro que tiene la voz idéntica. ¿Usted cómo se llama, si no es indiscreción?... ¿A poco es de los Arozamena de Monterrey?... Pues fíjese qué mundo tan pequeño, mi hijo Rodolfo jugaba dominó con Sergio Arozamena, el arquitecto. Venía a la casa todos los sábados hasta que se casó con una pobre diabla que lo tiene sojuzgado... Sí, claro, disculpe, yo también tengo que hacer llamadas... Oiga, espere un segundo. ¿Por qué no se da una vuelta por acá un día de éstos y se trae a Sergio, aunque sea con la mujer? Hace años que no lo vemos y a Rodolfo le daría mucho gus... ¿Bueno? ¡Bueno!... Pinche cabrón.

—¿Quién era?

—Un primo de Sergio Arozamena. Quería venir a la casa. Le dije que lo sentía mucho pero que ya no recibimos visitas y me colgó muy ofendido.

—Además de ridícula, orgullosa. Me prometiste que ya no ibas a cazar visitas por teléfono. Un día te van a visitar, pero del manicomio.

—Seguro que también ahí voy a encontrar conocidos. Por esta casa desfiló medio México. Llamen de donde llamen siempre sale por alguna parte un amigo mutuo.

—Dirás un ex amigo, mamá.

—Para mí son algo peor: traidores.

—Nadie nos traicionó. Fuimos nosotros los que atosigamos a la gente con tanta hospitalidad. En eso Rodolfo tiene razón.

—Tu hermano ya me tiene cansada con sus teorías. Algún día entenderá que los seres humanos no tenemos remedio.

—Pues díselo en su cara, porque acaba de llegar.

—Déjalo que toque un rato. Es capaz de creer que lo estamos esperando con ansias, como esperábamos a las hermanas Iturralde cuando ya nadie se acordaba de visitamos. ¿Te acuerdas cuánto sufríamos con sus tardanzas?

—Tú las gozabas. En el fondo eras masoquista. Masoquista y soberbia. Tu corazón de oro necesitaba los desaires de las visitas. Te servían para comprobar que los demás no se merecían el cariño de una mujer tan sencilla, tan desinteresada, tan solidaria con sus amigos. ¿Le abro ya?

—Espérate, hay que hacerlo sufrir un poco.

—A lo mejor se cansa de tocar y se va. Ya sabes el genio que tiene.

—Peor para él. Si no me visita, yo tampoco lo visito el martes.

—No hables del pacto. Luego dices que yo empiezo. ¿Ahora sí abro?

—Ahora sí, pero actúa con naturalidad. Siempre te le cuelgas del cuello como si no lo hubieras visto en años.

—¡Hermanito! Dichosos los ojos que te ven.

—¡Blanca, qué sorpresa! Por fin se reunió la familia. Esto sí tenemos que celebrarlo.

—¿Ya viste quién llegó, mamá? Es Rodolfo.

—Pensé que me habías dado plantón, mamacita. ¿Por qué tardaron tanto en abrir?

—Es que el timbre tiene un falso contacto y como tenías la junta en el banco ya no esperábamos que vinieras.

—Sabes perfectamente bien que nunca he tenido una junta en el banco ni esperaba que me lo creyeran. Fue una cortesía contigo, mami. Te fascinan las visitas inesperadas, ¿no?

—Cuando lo son de verdad. Tú nunca faltarás a esta casa mientras haya algo de beber. ¿Cómo vienes ahora, corazón? ¿Borracho o crudo?

—Un poco entonado. ¿Serías tan amable de servirme una cuba?

—En esta casa cada quien se sirve solo.

—Respeta los papeles, Blanca. No le robes a mamá su diálogo favorito. A ti te tocaba decir dónde estaba la jerga cuando alguien rompía un vaso. ¡Cómo te gustaba que los rompieran! Hasta felicitabas al del chistecito, como si fuera muy divertido caminar en el suelo pegajoso.

—Por lo menos yo tenía la honradez de admitir que para mí las visitas eran lo más bello del mundo. En cambio tú fingías despreciarlas. Encerrado en tu cuarto esperabas que la casa se llenara de gente y a la medianoche salías a oír conversaciones en las que nadie te había invitado a participar. Hubieras querido ser el alma de las fiestas, pero lo disimulabas poniendo cara de pocos amigos, muy sincera en tu caso, porque siempre fuiste una rata solitaria.

—Trataba de imponer un poco de respeto. Si no hubiera sido por mí, tus amigos se habrían cagado en las alfombras.

—Eras el policía de la casa, ya lo sabemos, pero cuando no tenías a quién vigilar te ponías más triste que nosotras dos.

—No por la falta de visitas. A mí me entristecía que ustedes las necesitaran tanto. Perdían el orgullo y la dignidad con tal de hacer su teatrito cada fin de semana.

—Era tu hermana la que se humillaba. Mil veces le advertí que no fuera tan obsequiosa con las visitas, pero nunca me hizo caso.

—Blanca te seguía la corriente. La más enferma eras tú. Los viernes por la noche, cuando daban las diez y ninguna visita se había presentado, parecía que se te cerraba el mundo. Empezabas a jugar solitarios, a comerte las uñas, a fumar como en la sala de espera de un sanatorio, y aunque no dijeras qué te angustiaba, porque te avergonzaba reconocer tu adicción a las visitas, nos contagiabas a los dos un sentimiento de fracaso que se nos metía en la piel como un gas venenoso. Entonces sonaba el timbre y salía el arcoíris. Blanca iba corriendo a poner un disco para simular que nos divertíamos a solas, tú dejabas el solitario a medias y recibías a cualquier parásito, al gordo Iglesias por ejemplo, que tenía la gracia de un tumor, como si fuera el amigo más entrañable de la familia. Claro que después de un recibimiento así, el gordo se creía con derecho a incendiar la casa.

—¡Y cómo querías que lo tratara si nos había salvado la noche! A ti se te hace muy fácil criticar, porque nunca moviste un dedo para conseguir visitas. Eras parásito de nuestros parásitos.

—De acuerdo, pero tenía conciencia del ridículo, cosa que a ustedes les faltaba. Traté de hacerles entender que las estaban utilizando para beber gratis. Les advertí hasta el cansancio que íbamos en picada por no hacer distinciones entre las visitas. En vez de recibir a ochenta o noventa personas...

—El día de mi graduación hubo doscientas diez, no me rebajes el récord.

—Las que sean. Digo que en vez de recibir a cualquiera debimos quedarnos con un grupo de íntimos.

—Lo intentamos y no se pudo. Recuerda lo que pasó con Celia y Alberto y todos los del Instituto. Se hicieron tan amigos de nosotros que ya no eran visitas. ¿Cómo iban a romper nuestra monotonía si formaban parte de ella? Necesitábamos caras nuevas.

—Ustedes deberían hacer el monumento al imbécil desconocido, si es que no lo hicieron ya con su soledad. Por desvivirse atendiendo a los de reciente ingreso descuidaban a los íntimos, y cuando al fin eran de confianza los mandaban al desván de las amistades viejas.

—Tampoco me vengas ahora con que los íntimos eran unas joyas. En cuanto se casaron, desaparecieron.

—Bueno, mamá, en eso tú fuiste un poco metiche. Te divertías jugando a la Celestina y sólo tolerabas a las parejas que tú habías formado. Raúl Contreras dejó de visitamos porque hiciste una intriga para separarlo de su novia.

—Hijita, no hables de lo que no sabes. Ella le prohibió venir a esta casa porque pensaba que aquí lo sonsacábamos para emborracharse. Lo que no sabía la muy cretina era que a falta de un lugar donde divertirse sanamente, su angelito iba a irse de putas, cosa que me alegra muchísimo.

—Ya estabas tardando en sacar la hiel. Ahora va a resultar que tú eras una señora bondadosa y adorable rodeada de canallas. ¿De veras crees que no hiciste nada para ahuyentar a la gente?

—Hice una tontería muy grande: ser generosa.

—¡Bravo por Libertad Lamarque!

—Ríanse, pero es verdad. Ya me lo decía su padre, que en gloria esté: si das amor a cambio de compañía, resígnate a perder las dos cosas. Estoy harta de la humanidad, harta.

—Ojalá fuera cierto, pero tú no escarmientas. Acabo de sorprenderla engatusando a un Fulano que se equivocó de número.

—¿Otra vez? Vamos a tener que ponerte un teléfono en el ataúd.

—Cada quien se consuela con lo que puede. Tú te emborrachas, tu hermana se acuesta con taxistas y yo hago relaciones públicas por teléfono. Al menos no he dejado de luchar.

—Por necia. Las visitas son el consuelo del que no se soporta a sí mismo.

—No te hagas el fuerte que por algo hicimos el pacto.

—El pacto se puede ir al diablo. Ya me aburre esta manía de darle vueltas a lo mismo. ¿Y todo para qué? Para llegar a la conclusión de siempre: nos quedamos sin visitas porque las queríamos demasiado.

—No sólo a ellas. Nosotros nos queríamos más cuando llegaban visitas. Desde niña me acostumbré a tener dos familias: una feliz, la que daba la cara en público, y otra desinflada por la falta de espectadores. Admite, mamá, que sólo eras cariñosa conmigo enfrente de los demás. Y no porque fueras hipócrita. Me querías de verdad, pero a condición de que hubiera testigos de tu amor maternal.

—Yo te prefería sin la máscara que usabas en público. A solas con tus depresiones eras insoportable, como todas las madres, pero cuando salías a escena derrochabas un encanto grotesco. Eras una anfitriona demasiado vehemente. Acosabas a las visitas con tu cariño, las aplastabas a golpes de simpatía, y no permitías que se fueran temprano porque le tenías pánico a la mañana siguiente, a los ceniceros atiborrados de colillas, al teatro sucio y vacío de la cruda sin reflectores.

—Tú con tal de pintarme como una vieja neurótica eres capaz de quitarme hasta el mérito de haber querido a las visitas.

No, hijo, las quise mucho, aunque te suene cursi. Me sobraba cariño para repartirlo entre la gente y como no me conformaba con unos cuantos amigos tenía que hacer nuevas conquistas, agrandar el círculo...

—Tanto lo agrandaste que reventó. Hubo un momento en que nosotros, los de la casa, no conocíamos a la mitad de las visitas. Venían amigos del pariente del jefe de un conocido.

—¡Y qué importaba el árbol genealógico de las visitas! Lo bonito era no saber de dónde habían salido.

—Algunos habían salido de la cárcel. ¿Se acuerdan del Chongano, aquel borrachito que resultó agente de la Judicial y se puso a echar balazos en la cocina?

—Fue un colado entre mil. La mayoría eran personas decentes.

—Mamá, no te duermas. Blanca está dándote pie. Aprovéchalo para decir que los decentes resultaron los más desagradecidos.

—Pues sí, lo digo y qué. Venían a emborracharse como todos los demás. Aquí hacían lo que sus queridas madres no les dejaban hacer en sus casas, por miedo a que mancharan los sillones de la sala. En los buenos tiempos nos visitaban cada fin de semana, pero cuando empezamos a perder popularidad no les volvimos a ver el pelo. ¿Dónde están ahora esos niños modelo?

—Se asustaron con tus agresiones. Cuando caían por aquí después de un año de ausencia los insultabas como si hubieran firmado un contrato para visitarnos de por vida. A Ernesto Cuéllar le dijiste que su papá era un político ratero.

—Hice bien. A lo mejor el viejito robaba de verdad. Tú en cambio habrías recibido a Ernesto con los brazos abiertos, para que nos abandonara seis años más. Actuabas como una limosnera de visitas, Blanca. Por lo menos yo vendía caro mi perdón.

—Lástima que nadie te lo comprara. En los últimos años nuestras reuniones parecían terapias de grupo. Todos oyéndote desahogar tu rabia contra las visitas que se fueron. A veces decías horrores de la gente antes de conocerla.

—Me anticipaba a las ingratitudes.

—Querías la posesión total de las visitas.

—Quería reciprocidad.

—Una reciprocidad inhumana. Querías gobernar sus vidas, imponerles tus consejos como si fueran dogmas.

—Está bien, soy un monstruo. Yo tuve la culpa de que huyeran. Váyanse también ustedes y déjenme en paz.

—No te enojes. ¿Qué sería de ti si por una de tus rabietas rompemos el pacto?

—Por mí que se rompa. Visitas a huevo no son visitas.

—Mamá tiene razón, esto ya no funciona. Cuando me fui de la casa pensé que les haría un favor si en vez de ser un triste miembro de la familia me convertía en visita, pero la rutina echó a perder el truco.

—Debiste hacer el favor completo y no pedir que te visitáramos en pago de tus visitas. Eso le quitó sinceridad al juego. Yo me di cuenta de que mamá te prefería por ser visita y entonces me fui de la casa para no quedar en desventaja.

—Con un poco de buena fe habríamos vivido muy contentos, pero con envidiosas como ustedes no se puede. Mamá se quejó de que te visitaba más a ti que a ella, y cuando empecé a visitarla dos veces por semana te sentiste ninguneada. Si caímos en el pacto fue por sus necedades.

—Y por tu manía de burocratizarlo todo. Yo era feliz creyendo que mis hijos me visitaban por gusto, pero cuando pusieron la pinche regla de hacer tres reuniones a la semana para visitamos equitativamente, la espontaneidad se fue al carajo. Ahora no tengo hijos y tampoco visitas.

—Porque no pones nada de tu parte. Imagínate que nos encontramos por casualidad después de un año sin vernos.

—No puedo. Somos la Santísima Trinidad: una soledad verdadera en tres personas distintas. Cuando estoy con ustedes me siento como bicho raro. Los oigo hablar y oigo mi propia voz. Hasta para sufrir me estorban.

—Lo mismo siento yo, mamá, y como no soy masoquista voy a largarme de una vez. Lamento decirles que mañana tengo una visita verdadera.

¿Quién?

—Ramón Celis. Me lo encontré en el metro y dijo que tenía muchas ganas de tomarse una copa conmigo.

—¿Contigo? Pero si Ramón es mi hermano del alma. ¿No habrá preguntado por mí? ¡Confiésalo: me quieres robar su visita!

—Perdónenme los dos, pero yo quiero a Ramón como si lo hubiera parido. Antes me tiene que visitar a mí. Atrévete a recibirlo, Rodolfo, y no te vuelvo a dirigir la palabra.

—Peor para ti. Quédate con Blanca y visítense las dos hasta que se mueran.

—No te vayas, hagamos un trato: recibe a Ramón pero luego llévalo a mi casa.

—No estoy dispuesto a compartir la única visita que he tenido en años.

—¿Ni por medio millón de pesos? Te puedo hacer un cheque ahora mismo.

—Yo te ofrezco el doble, y en efectivo, pero que se quede conmigo hasta la madrugada.

—Guarda tu dinero, mamá. Lo vas a necesitar para pagar un psiquiatra. La visita de Ramón no está en venta.

—Entonces lárgate, pero te advierto una cosa: no vengas a pedirme perdón cuando estés muriéndote de cirrosis.

—Y tú no me hables cuando estés muerta de aburrimiento.

¡Adiós, viejas amargadas!

—¿Ya lo ves? También tu hermano resultó un traidor.

—¿No habrá inventado lo de Ramón?

—Puede ser. Yo tengo visitas imaginarias desde hace tiempo. ¿Y sabes qué? Me divierten más que tú.

—Haberlo dicho antes. ¿Crees que te visito por gusto? No, mamá. Te visito por compasión.

—Pues ahórratela. Ya no quiero dar lástimas.

—¿Ah, no? Pues entonces adiós. Cuando necesites alguna ayuda, por favor háblame. Quiero darme el gusto de negártela.

—Muchísimas gracias. Por ahora sólo se me ofrece que te vayas de aquí.

—Conste que me voy porque me corres. ¡Hasta nunca!

—Vete de verdad. ¿Qué haces ahí parada?... ¿Lloras? Por favor, hija, ten el buen gusto de largarte sin cursilerías.

—No lloro por ti. Me dio tristeza ver el tapete que dice «Bienvenidos».

—Pues déjalo donde está y cierra la puerta. Compasión... Que se vayan al carajo con su compasión. ¿Qué se creen estos cabrones? ¿Que no puedo visitarme sola?

Eufemia

a la memoria de José Luis Mendoza

Aturdida, sedienta y con un nido de lagañas en los párpados, Eufemia instala su escritorio público en los portales de la plaza. El reloj de la parroquia marca las once. Ha perdido a sus mejores clientes, las amas de casa que se forman al amanecer en la cola de la leche. Merecido se lo tiene, por dormilona y por briaga. Parsimoniosamente, sintiendo que le pesa el esqueleto, coloca una tabla sobre dos huacales, la cubre con un mantel percudido y de una bolsa de yute saca su instrumento de trabajo: una Remington del tamaño de un acumulador, vieja, maltrecha y con el abecedario borrado.

Un sol inmisericorde calienta el aire. Hace un año que no llueve y la tierra de las calles ha empezado a cuartearse. Pasan perros famélicos, mulas cargadas de leña, campesinas que llevan a sus hijos en el rebozo. Eufemia respira con dificultad. La boca le sabe a cobre. Después de colocar junto a la Remington una cartulina con el precio de la cuartilla –prefiere señalar el letrero que hablar con la gente, nunca le ha gustado hablar con la gente– se derrumba sobre la silla exhalando un suspiro. Es hora del desayuno. Echa un vistazo a izquierda y derecha para cerciorarse de que nadie la ve, saca de su jorongo una botella de tequila y le da un trago largo, desesperadamente largo. Nada como el tequila para devolverle agilidad a los dedos. Reconfortada, se limpia las lagañas con el dedo meñique y ve a los holgazanes que dormitan o leen el periódico en las bancas de la plaza. Dichosos ellos que podían descansar. Llevaba una semana en Alpuyeca y pronto tendría que irse. Ya les conocía las caras a todos los del pueblo. Algunos trataban de entrar en confianza con ella y eso no podía permitirlo. Siempre le pasaba lo mismo cuando duraba demasiado tiempo en algún lugar. La gente quedaba muy agradecida con sus cartas. Contra más ignorantes más agradecidos eran: hasta la invitaban a comer barbacoa, como si la conocieran de siempre. No alcanzaban a entender que si ella iba de pueblo en pueblo como una yegua errabunda, si nunca pasaba dos veces por el mismo sitio, era precisamente para no ablandarse, para que no le destemplaran el odio con afectos mentirosos y atenciones huecas.

Una muchacha que viene del mercado se detiene frente al escritorio y le pregunta el precio de las cartas.

—¿Qué no sabes leer? —la cliente niega con la cabeza—. Ahí dice que la hoja es a quinientos pesos.

La muchacha estudia la cartulina como si se tratara de un jeroglífico, busca en su delantal y saca una moneda plateada que pone sobre la mesa. Eufemia, con su voz autoritaria, le inspira terror.

—¿A quién va dirigida?

El rostro de la muchacha se tiñe de púrpura. Sonríe con timidez, dejando ver unos dientes preciosos. Es bonita, y a pesar de su juventud ya tiene los pechos de una señora.

—¿Es para tu novio?

Retorciéndose de vergüenza, la muchacha deja entender que sí.

—¿Cómo se llama?

—Lorenzo Hinojosa, pero yo le digo Lencho.

—Entonces vamos a ponerle «Querido Lencho» —dictamina Eufemia, examinando el rostro de la muchacha para medir por el brillo de sus ojos la fuerza de su amor. Sí, lo quería, estaba enamorada la pobre idiota.

—Querido Lencho, ¿qué más? Apúrate que no me puedo estar toda la mañana contigo.

—Espero en Dios te encuentres bien en compañía de toda tu familia.

Los dedos de Eufemia corren por el teclado a toda velocidad.

La muchacha la mira embobada.

—Es-pe-ro en Dios te en-cuen-tres bien en com-pa-ñía de toda tu fa-mi-lia. ¿Qué más?

—Te extraño mucho y a veces lloro porque no estás aquí.

SUPÉRATE Y ALCANZARÁS TUS METAS, decía el globito de la muñeca rubia que tomaba el dictado a su atlético jefe: LA ESCUELA COMERCIAL MODELO TE PREPARA PARA TRIUNFAR. El trolebús venía repleto de pasajeros, pero Eufemia, instalada en su oficina de lujo, no sintió las molestias del viaje ni se mareó con la mezcla de sudores y perfumes hasta que un brusco frenazo la desencantó cuando ya era tarde para bajar en su parada. La distracción le costó una caminata de siete cuadras, pero se apeó convencida de que tenía madera de secretaria. La güerita con cara de princesa le había picado el orgullo.

Quiero ser ella y estar ahí, pensó aquella noche y varias noches más, angustiada por no tener una personalidad a la altura de sus ilusiones. Con sus ahorros podía pagar las colegiaturas de la escuela, pero temía que si no caminaba, si no se vestía y si no pensaba de otro modo, en fin, si no cambiaba de piel, jamás la dejarían trabajar en oficinas como la del anuncio, aunque tuviera el título de secretaria. El temor disminuyó cuando su patrona, doña Matilde, le ofreció pagar la inscripción de la carrera y prestarle una Remington para los ejercicios de mecanografía. Con ese apoyo se sintió más segura, más hija de familia que sirvienta, y entró a la Escuela Comercial Modelo con la firme determinación de triunfar o morir.

Tenía dieciocho años, un cuerpo que empezaba a florecer y una timidez a prueba de galanes. Como pensaba que los hombres no eran para ella ni ella para los hombres, volcó en el estudio sus mejores virtudes, las que ningún amante hubiera sabido apreciar: responsabilidad, espíritu de servicio, abnegación rabiosa. Terminaba el quehacer a las cuatro de la tarde, volvía de la escuela a las ocho para servir la cena, y desde las nueve hasta pasada la medianoche no se despegaba de la Remington: asdfgñlkjh, asdfgñlkjh, asdfgñlkjh... Hacía tres o cuatro veces el mismo ejercicio, procurando mantener derecha la espalda como le había enseñado la maestra, y cuando cometía un error le daba tanta rabia, tanto miedo de ser una fracasada, que se clavaba un alfiler en el dedo negligente. Dormida y despierta pensaba en las teclas de la máquina, en los signos de taquigrafía, en los versos de Gibran Jalil Gibran que pegaría en su futuro escritorio, y se imaginaba un paraíso lleno de archiveros impecablemente ordenados en el que reinaba como un hada buena y servicial, recibiendo calurosas felicitaciones de un jefe idéntico al galán que protagonizaba la novela de las nueve y media. En el primer año de la carrera —que terminó con las mejores calificaciones de su grupo— sólo dejó de presentar una tarea, y no por su culpa: por culpa de la Remington. De la Remington y del infeliz que tardó tres días en ir a componerla.

Se llamaba Jesús Lazcano. Llevaba una credencial con su nombre prendida en el saco, detalle que a Eufemia le causó buena impresión, como todo lo relacionado con el universo de las oficinas, pero le bastó cruzar dos palabras con él para descubrir que de profesional sólo tenía la facha. Ni siquiera pidió disculpas por la demora. Subió la escalera de servicio en cámara lenta, haciendo cuatro paradas para cambiarse de brazo la caja de las herramientas. Su lentitud era tanto más desesperante como que denotaba disgusto de trabajar. Cuando por fin llegó a la azotea, donde Eufemia llevaba un rato esperándolo, sonrió con cínica desenvoltura y le pidió que «por favorcito» (el diminutivo en su boca sonaba grosero) lo colgara en una percha para que no se arrugara. Obedeció con una mezcla de indignación y perplejidad. ¿Qué se creía el imbécil? Era un mugroso técnico y se comportaba como un ejecutivo. Si no hubiera necesitado que arreglara la Remington cuanto antes, le habría gritado payaso y huevón. Mientras le mostraba el desperfecto —la cinta no regresaba— notó que Lazcano, en vez de fijar su atención en la máquina, la veía directamente a los ojos. Por la desfachatez de su mirada dedujo que se creía irresistible. ¿A cuántas habría seducido con esa caída de ojos? De seguro a muchas, porque guapo era, eso no lo podía negar. Pero ni su barba con hoyuelo, ni sus ojos color miel, ni la comba del copete que le caía sobre la frente le daban derecho a ser tan presumido. Cuando Lazcano empezó a trabajar se sintió aliviada. Podía ser un resbaloso pero dominaba su oficio. Aterrada con la idea de que la Remington estuviera gravemente dañada y tuvieran que hospitalizarla en el taller, se acercó tanto para vigilar la compostura que su muslo rozó el velludo brazo del técnico.

—No se me acerque tanto, chula, que me pongo nervioso.

Ella fue la que se puso nerviosa. Más aún: sintió una quemadura en el vientre. Se apartó de un salto y trató de calmarse contando hasta cien, pero Lazcano creyó que se había roto el hielo, y mientras terminaba de aceitar la Remington la sometió a un interrogatorio galante. A todas sus preguntas (edad, lugar de origen, proyectos para el futuro) Eufemia respondió con árida economía verbal. Espoleado por su hostilidad, Lazcano quiso averiguar si tenía novio.

—Y a usted qué le importa.

—Nomás por curiosidad.

—No tengo ni quiero tenerlo.

Cuando Lazcano acabó con la máquina se acercó peligrosamente al rincón del cuarto donde Eufemia se había refugiado para ocultar su rubor. Le parecía increíble que una muchacha tan bonita no tuviera novio. ¿Pues qué no salía nunca? Eufemia le entregó la percha con el saco, instándolo a que se largara, pero Lazcano la tomó del brazo y le susurró al oído una invitación a salir el domingo siguiente, audacia que le costó una bofetada.

—Lárguese ya o lo acuso con la señora.

—Está bien, mi reina —Lazcano se acarició la mejilla—, pero de todos modos voy a venir a buscarte, por si te animas.

Eufemia dedicaba los domingos a la lectura de un libro que le habían recomendado en la escuela: *Cómo desarrollar una personalidad triunfadora* de la psicóloga Bambi Rivera. Subrayaba los fragmentos que pudieran ayudarle a vencer su timidez, a no ser tan huraña y esquiva con los demás, prometiéndose llevarlos a la práctica en cuanto saliera de su ambiente, que si bien le permitía «enfrentar los retos de la vida como si cada obstáculo fuera un estímulo», no se prestaba demasiado para «sobresalir en el mejor de los aspectos, el aspecto humano, estableciendo vínculos interpersonales que coadyuven a tu realización». Estaba memorizando ese pasaje cuando escuchó un silbido largo y sentimental, muy distinto al entrecortado trino de Abundio, el carnicero que salía con la sirvienta de al lado. Sintiendo un vacío en la boca del estómago, se asomó a la calle para confirmar lo que sospechaba: Lazcano había cumplido su amenaza. Recargado en un poste de luz, inspeccionaba la azotea con los brazos cruzados. Parecía tener absoluta confianza en sus dotes de jilguero. ¿Esperaba que fuera corriendo tras él, como un perro al llamado de su amo? Pues ya podía esperar con calma... Se ocultó detrás de un tinaco para espiarlo a gusto. No iba de traje, pero llevaba una chamarra de mezclilla deslavada que le sentaba muy bien. Por lo visto tenía dos disfraces: el de ejecutivo y el de junior. ¡Qué ganas de ser lo que no era! Lo detestaba por impostor, por engreído, por vanidoso, y aunque no tenía intenciones de salir, ni siquiera para decirle que dejara de molestar, se quedó varada en su puesto de observación. La serenata duró más de diez minutos. Cuando Lazcano, dándose por vencido, se alejó con la boca seca de tanto silbar en balde, Eufemia sintió compasión por él. ¿Cómo no agradecerle que hubiera insistido tanto?

Doña Matilde la felicitaba por sus calificaciones, decía enfrente de las visitas que ojalá sus hijos hubieran salido tan estudiosos, pero a solas le reprochaba que por culpa de la escuela ya no trabajara como antes. Rondaba por la cocina inspeccionando todos los rincones, y cuando el polvo de la alacena ennegrecía su delicado índice pronunciaba un sermón sobre la generosidad mal correspondida: ya estaba cansada de ver tanta porquería. Si le había permitido estudiar y hasta pagaba las composturas de la máquina era porque tenía confianza en ella, pero a cambio de esos privilegios exigía un poco de responsabilidad. Que preguntara cómo trataban a las sirvientas en otras casas. Ella no le pedía mucho: simplemente que hiciera las cosas bien.

Para complacerla sin descuidar sus estudios, Eufemia trabajaba dieciséis horas diarias. Cada ejercicio de mecanografía era una prueba de resistencia. Ya no luchaba con sus dedos, disciplinados a fuerza de alfilerazos, sino con sus párpados faltos de sueño. El pupitre de la escuela reemplazó a su almohada. Oía las clases en duermevela, soñando que aprendía. Viéndola desmejorada y ojerosa, doña Matilde le regaló un frasco de vitaminas: «Toma una después de cada comida y si te sientes cansada no vayas a la escuela. Tampoco se va a acabar el mundo porque faltes un día». Tiró el consejo y las vitaminas al basurero. Estaba segura de que su patrona trataba de alejarla de los estudios para tenerla de criada toda la vida. Mentira que se alegrara de sus dieces. En sus felicitaciones había un dejo de burla, un velado menosprecio fundado en la creencia de que una criada, por más que se queme las pestañas, nunca deja de ser una criada. Ese desdén le dolía más que mil regaños, pues coincidía con sus propios temores. No tenía carácter de secretaria. Si quería decepcionar a doña Matilde —saboreaba en sueños la triunfal escena de su renuncia, ya titulada y con empleo en puerta— primero tenía que modificar sus hábitos mentales, como recomendaba la doctora Rivera.

En Tuxtepec, el pueblo donde se crió, Eufemia tenía muchísimas amigas, pero en México sólo se juntaba con su prima Rocío, que había emprendido con ella el viaje a la capital y ahora trabajaba en una casa de Polanco. Alocada y coqueta, Rocío estrenaba novio y vestido cada fin de semana, fumaba como condenada a muerte, se teñía el pelo de rubio y martirizaba a Eufemia diciéndole que si quería chamba de secretaria, mejor se conquistara un viejo con harta lana y dejara de sufrir. Como parte de su estrategia para formarse un carácter secretarial, Eufemia le retiró la palabra. No le convenían esas amistades. Cambió de perfume, de peinado y de léxico. Ya no decía «fuistes» y «vinistes», ya no decía «este Perito» y «este Juan», ya no decía «su radio de doña Matilde», pero nadie apreciaba sus progresos lingüísticos, porque al perder contacto con Rocío se quedó sola en la perfección: era una joya sin vitrina, un maniquí sin aparador. A falta de un oído amistoso, descargaba sus tensiones en la Remington. Le habían advertido repetidas veces que no aporreara el teclado, pero una vez encarrerada en la escritura perdía el control de sus manos y aplastaba las letras con saña.

Un domingo, cuando llevaba semanas de vivir en completo aislamiento, descubrió que después de hacer la tarea le sobraban ganas de seguir tecleando. Escribió lo primero que se le vino a la cabeza: palabras mezcladas con garabatos gráficos, versos de canciones, groserías, números kilométricos. Llenó media cuartilla con un aguacero de signos indescifrables, machacando el alfabeto irresponsablemente, y sin proponérselo empezó a hilar frases malignas «*Eufemia pobre piltrafa estudia muérete perra*», frases que se volvían en su contra como si la Remington, para vengarse de la paliza, le arrancara una severa confesión de impotencia: «*sigue trabajando sigue preparándote para la tumba miserable idiota sángrate los dedos en tu cuartito de azotea pinche gata sin personalidad triunfadora nadie te quiere inútil puta virgen toma lo que te mereces pendeja toma...*». Golpeó cinco letras a la vez para que la máquina se tragara sus palabras, pero el torrente de insultos continuaba saliendo, el papel seguía llenándose de liendres purulentas y tuvo que silenciar a la Remington a puñetazos, hacerle vomitar tuercas, tornillos, resortes, descoyuntarla para que supiera quién mandaba en el alfabeto.

A la mañana siguiente habló al taller de reparaciones. El remordimiento de haber destrozado una máquina que no era suya se recrudeció cuando escuchó la voz de Jesús Lazcano. ¿Había hecho la rabieta sólo para verlo de nuevo? Con una petulancia nacida del despecho, Lazcano se hizo del rogar antes de prometerle que haría el trabajito dentro de una semana, y eso por tratarse de ella, pues ya no arreglaba sino máquinas eléctricas. Colgó furiosa. En el comentario sobre las máquinas eléctricas había captado un doble sentido. ¿Lo dijo para insinuarle que andaba con mujeres de más categoría?

Por si las dudas, el día que vino a componer la máquina lo recibió con su mejor vestido. La señora había salido con sus hijos a una primera comunión y el silencio de la casa dio valor a Lazcano para lanzarse a fondo apenas cruzó el umbral: Eufemia estaba cada día más linda, lástima que no le hiciera caso. ¿Por qué no se descomponía ella en lugar de la máquina, para darle una revisadita? Venía borracho y con la corbata chueca. Sus piropos eran atrevidos, pero los decía sin afectación, como si el trago le hubiera devuelto la humildad. Cuando vio la Remington soltó una risa burlona. El arreglaba máquinas pero no hacía milagros. Pobre maquinita, cómo la maltrataba su dueña. Y así era de cruel con todos los que la querían, eso le constaba.

Eufemia le pidió que por favor se dejara de vaciladas.

—No estoy vacilando, chula. Esta cosa ya no sirve. Si quieres le cambio todas las piezas rotas, pero te costaría un dineral. Yo que tú mejor compraba una nueva.

Eufemia se puso pálida. Era su vida la que ya no tenía compostura. Cayó sobre la cama y se tapó el rostro con la almohada, para no llorar delante de un hombre. Lazcano la tomó de los hombros con suavidad, tratando de hacerla voltear.

—Suélteme, por favor, ¡suélteme!

—No te pongas así. ¿Te hice algo malo? ¿Es por lo de la máquina?

Dijo que sí con un suspiro. Sacó un pañuelo de su delantal, y mientras intentaba poner un dique a sus lágrimas explicó a Lazcano, entre sollozos y golpes de pecho, que la máquina era de su patrona y ella la necesitaba para terminar la carrera de secretaria, pero se había desgraciado la vida ella sola por culpa de un berrinche. Todo el sueldo se le iba en colegiaturas. No podía ni comprarse ropa, ya no digamos una máquina nueva. Mejor que la expulsaran de una vez, mejor que doña Matilde la corriera...

—Cálmate y nos entendemos —Lazcano le acarició la mejilla—. Con lo de la máquina yo te puedo ayudar, por eso no te preocupes.

—No estoy pidiéndole ayuda —lo miró con dignidad—. Ya sé cómo se cobran ustedes los hombres.

—Cállate, babosa —Lazcano estaba empezando a impacientarse—. Uno te quiere dar la mano y todavía rezongas.

—De usted no quiero nada, ya se lo dije. ¡Y ahora quítese o pido auxilio!

Antes de que lanzara el grito, Lazcano la besó por sorpresa, tomándola de la barbilla para impedirle retirar la boca. Eufemia tardó más de lo debido en abofetearlo.

—Con ésta ya van dos. Dame la tercera de una vez, al fin que ya me gustó el jueguito.

Lazcano volvió a la carga. Con sospechosa lentitud de reflejos, Eufemia reaccionó cuando el beso ya era un delito consumado y tenía pegada en el paladar una lengua caliente que giraba como aspa de molino, dejándola sin aliento. Hubo un breve forcejeo en el que Lazcano resistió mordiscos y arañazos. Eufemia se debilitaba poco a poco, cedía sin corresponder, aletargada por el turbio aliento de Lazcano. Aún tenía fuerza para resistir, pero su cuerpo la traicionaba, se gobernaba solo como la pérfida Remington. Cerró los ojos y pensó en sí misma, en su juventud desperdiciada y seca. Vio a Lazcano silbando aguerridamente con su chamarra de junior y la visión le despertó un apetito quemante, unas ganas horribles de quedarse quieta. Inmóvil y con un gesto de ausencia se dejó subir el vestido y acariciar los senos. Podía consentirlo todo, menos el oprobio de colaborar con su agresor. En sus labios duros y hostiles morían los besos de Lazcano, que teniéndola vencida seguía exigiendo la rendición sentimental, mientras luchaba con menos arte que fuerza por demoler el apretado nudo de su entrepierna. El obsceno rechinar de la cama silenció el hondo lamento con que Eufemia se despidió de su virginidad. Gozó culpablemente, pensando en la compostura de la máquina para fingir que se prostituía por necesidad, pero los embates de Lazcano y sus propios jadeos, la efervescencia que le subía por la cintura y el supremo deleite de sentirse ruin la dejaron sin pretextos y sin escrúpulos, indefensamente laxa en la victoria del placer.

La Remington y Eufemia quedaron como nuevas. Lazcano compuso gratuitamente a las dos, obteniendo a cambio una compañera para los domingos. De un solo golpe consiguió lo que Bambi Rivera no había logrado con toda su ciencia: curó a Eufemia de su timidez y de su inclinación a menospreciarse. Doña Matilde notó con sorpresa que ahora canturreaba mientras hacía el quehacer y le hablaba mirándola directamente a los ojos. En la escuela también mejoró: su actitud caritativa en los exámenes (ya no le parecía un fraude a la nación dejarse copiar) le quitó la imagen de machetera intratable y ensimismada que se había forjado por miedo a los demás. Empezó a frecuentar a un grupo de amigas con las que se quedaba charlando un rato a la salida, sin importarle que doña Matilde la regañara por llegar tarde a servir la cena. Sobre su futuro no abrigaba ya la menor duda. El maestro de contabilidad, impresionado con su rapidez y su buena ortografía, prometió conseguirle trabajo cuando terminara la carrera. Sólo tenía un motivo de alarma: Jesús no se le había declarado formalmente y sus relaciones con él, felices en lo esencial, se mantuvieron en una peligrosa indefinición durante los dos primeros meses de lo que Eufemia hubiera querido llamar noviazgo.

A Jesús le tenían sin cuidado las palabras. Hablaba con las manos. La tocaba en todas partes y a toda hora, con o sin público, bajo el solitario arbolito donde se despedían los domingos, después de hacer el amor en un hotel de San Cosme, o en las bancas de la Alameda, rodeados de niños, abuelas, mendigos y policías. Ocupada en quererlo, Eufemia no tenía tiempo ni ganas de pensar en sus recelos. Hubiera sido una vileza, un crimen contra el amor, dudar de un hombre que le regalaba el alma en cada beso. De común acuerdo decidieron prolongar la felicidad de los domingos y verse también entre semana, cuando Eufemia iba por el pan. El silbido de Jesús le ponía los pezones de punta. Sonaba con tanta frecuencia en la calle que doña Matilde llegó a molestarse: «Dile a tu amiguito que si quiere verte por mí no hay problema, eres libre de elegir a tus amistades, pero que al menos tenga la decencia de tocar el timbre. ¿O a ti te gustan esas costumbres de arriero?». Lazcano era orgulloso y se ofendió cuando supo lo que doña Matilde opinaba de él. Se resignó a tocar el timbre para demostrarle que no era un arriero, pero de ningún modo aceptó hacerle conversación de vez en cuando, como Eufemia sugería: «Eso no, chula. Si le tenemos consideraciones a esa metiche, al rato la vamos a traer de pilmama». Aunque sus prevenciones parecían justificadas, Eufemia sospechó que tenía otros motivos para evitar a doña Matilde. Jesús era demasiado antisocial. Tampoco le gustaba salir en grupo con sus compañeras del colegio. Estaban todo el tiempo solos, encerrados en una intimidad asfixiante. Hablaba mucho de sus compañeros del taller, con los que jugaba futbol todos los sábados, pero no se los había presentado. ¿Por qué no podían ser una pareja común y corriente?

Le costó una docena de insomnios resolver el misterio. Jesús la quería para pasar el rato. Si no le interesaba formalizar sus relaciones, o mejor dicho, si le interesaba no formalizarlas, era porque pensaba dejarla pronto, cuando se cansara de acostarse con ella. Por eso rehuía la vida social en pareja: el miserable ya estaba preparando la retirada y no quería tener testigos de su traición. Contra menos gente lo conociera, mejor. Y ella, la muy ciega, la muy idiota, se había creído amada y respetada. «Cree que soy su puta y me lo merezco, por haberle dado todo desde el primer día».

El domingo siguiente adoptó una actitud glacial. En el zoológico vio entre bostezos el desfile de los elefantes, no quiso morder un algodón de azúcar al mismo tiempo que Jesús ni retratarse frente a la jaula de los osos panda. Subieron al trenecito, y cuando entraron al túnel de los enamorados apartó de su rodilla la exploradora mano de Jesús. Comió poco y mal, quejándose de que las tortas sabían a plástico, la película de narcos le provocó dolor de cabeza y esperó con malevolencia que llegaran a la puerta del hotel para negarse a entrar. Eso fue lo que más resintió Jesús. Le reprochó su mal humor de todo el día, la carota de aburrimiento, los pudores del trenecito. ¿Tenía problemas con la regla o qué? Su respuesta fue una larga y dolida enumeración de agravios. Jesús no le daba su lugar. ¿Para que seguía mintiendo si no la quería? La trataba como piruja, peor aún, porque las pirujas tan siquiera cobraban. Ella no era su novia ni su esposa ni su prometida. ¿Entonces qué era? ¿Una amiguita para la cama? Jesús negaba todos los cargos, pero Eufemia los presentaba como verdades incontestables. Lo acusó de cobardía, de machismo, de ser un hombre sin palabra. Para creer en su amor necesitaba una promesa de matrimonio. Tenía derecho a exigirla, pues él había sido el primer hombre de su vida. ¿O qué? ¿También pensaba negar eso?

La cara de adolescente regañado con que Jesús había oído la perorata se cambió de súbito por un gesto de resolución.

—Está bien, vamos a casarnos, pero ya cállate.

¿De veras te quieres casar conmigo? —el tono de Eufemia se dulcificó.

—Claro que sí, tonta —Jesús la besó en el cuello, aspirando con ternura el aroma de su pelo—. Te lo pensaba decir hoy, pero te vi tan enojada que se me quitaron las ganas... ¿Ahora chillas? Chale, se me hace que no me quieres. A ver, una sonrisita, una sonrisita de mi conejita...

Esa tarde hicieron el amor tres veces. Eufemia estuvo cariñosa y desinhibida, pero en los intermedios de la refriega planeó hasta el último detalle de la boda. Se casarían en Tuxtepec cuando terminara la carrera. Jesús era muy voluble. Había que actuar deprisa para no darle tiempo de arrepentirse. La petición de mano era lo más urgente. Sus padres no podían aprobar el matrimonio sin conocer al novio. ¿Y los de Jesús? Casi nunca hablaba de ellos, a lo mejor estaba peleado con su familia. Bueno, él decidiría si los invitaba o no. Por lo pronto hablaría con el maestro de contabilidad para lo del trabajo. No quería ser una mantenida. Juntando los dos sueldos podrían alquilar un departamento barato y comprar a plazos el refrigerador, los muebles, la estufa... Su porvenir brillaba como la cobriza piel del hombre anudado en su cuerpo. Se casaría de blanco y con título de secretaria: doble coraje para la patrona.

Entre los preparativos de la boda y las maratónicas sesiones de estudios previas al fin de cursos, los tres meses que faltaban para el viaje a Tuxtepec se le pasaron volando. Su familia esperaba con impaciencia la llegada del novio, a quien había descrito, exagerando la nota, como una maravilla de honradez y solvencia económica. Mientras ella esparcía por todas partes la noticia de su matrimonio y se ocupaba de apartar al juez lo mismo que de hacer cita para los exámenes clínicos, Jesús atravesaba una crisis de catatonia. Bebía más de la cuenta («para despedirme de las parrandas», juraba) y cuando Eufemia le hablaba de los nombres que había escogido para su primer hijo (Erick o Wendy), se desconectaba de la realidad poniendo los ojos en blanco. Tuvo que llevarlo casi a rastras a comprar los anillos. Lejos de molestarse por su conducta, Eufemia la consideraba un buen síntoma. Lo malo hubiera sido que se tomara el matrimonio a la ligera, sin calibrar la importancia de su compromiso.

El día de su baile de graduación Eufemia fue por primera vez al salón de belleza. Le hicieron un aparatoso peinado de cuarentona y se pasó toda la tarde intentando contrarrestarlo con un maquillaje atrevidamente juvenil. A las ocho la señora le gritó que habían venido a buscarla. Corrió escaleras abajo, ansiosa de ver a Jesús con el esmoquin que había alquilado para la ceremonia, pero en su lugar encontró a un niño harapiento que le dio una carta. Era de Lazcano. Le daba las gracias por todos los bellos momentos que había pasado en su compañía. Por querer prolongarlos, por no matar tan pronto un sentimiento noble y puro, le había hecho una promesa que un hombre como él, acostumbrado a vivir sin ataduras, jamás podría cumplir. Era un cobarde, lo reconocía, pero en el dilema de perder el amor o la libertad prefería renunciar al amor. Cuando Eufemia leyera esa carta él estaría llegando a Houston, donde le había ofrecido trabajo un tío suyo. No debía tomarse a lo trágico el rompimiento. Los dos eran jóvenes y tenían tiempo de sobra para iniciar una nueva vida. Ella, tan guapa, no tardaría en hallar al hombre que la hiciera feliz y quizá en el futuro lo perdonara. Por ahora sólo pedía, suplicaba, imploraba que en nombre de sus horas felices no le guardara demasiado rencor.

Dio una propina al mensajero de la muerte y volvió a su cuarto con pasos de ajusticiada. Releyó la carta una y mil veces, repitiendo en voz alta las frases más hipócritas. Necesitaba oírlas para convencerse de que no estaba soñando. Se miró al espejo y encontró tan grotesco su peinado de señora que se arrancó un mechón de cabello. A enfrentar ahora la conmiseración de sus padres, el encubierto regocijo de doña Matilde, las preguntas malintencionadas de sus compañeras de escuela, que murmurarían al verla sola en el baile de graduación. Eran demasiadas humillaciones. Tenía que desaparecer, largarse adonde nadie la conociera, negarles el gusto de verla derrotada. Metió desordenadamente su ropa en una maleta, sacó de la cómoda el monedero donde guardaba sus ahorros, hizo una fogata con todos los recuerdos de Jesús Lazcano y miró su cuarto por última vez. Olvidaba lo más importante: la Remington, su confesora y alcahueta portátil.

En la calle tomó un taxi que la llevó a la Terminal del Sur. Hubiera querido comprar un boleto para el infierno, pero a esa hora sólo salían camiones para Chilpancingo. En una tienda de abarrotes compró medio litro de tequila, y mientras esperaba la salida del autobús bebió sin parar hasta ponerse a tono con su desconsuelo. En el asiento del camión, antes de partir, leyó la carta por última vez. Malditas palabras. Bastaba ordenarlas en hileras para destruir una vida. Matar por escrito era como matar por la espalda. No podía uno ver de frente a su enemigo, reprocharle que fuera tan maricón. Rompió en pedazos el arma homicida y cuando el autobús arrancó los tiró por la ventana. Ella dispararía con la Remington de ahí en adelante. De algo tenían que servirle su buena ortografía, su depurado léxico, su destreza en el manejo de las malditas palabras.

Otro pueblo y otra plaza. Un conscripto con el rostro carcomido por el acné lee una carta sentado a la sombra de un álamo. Las manos le tiemblan. Parece no entender lo que lee. Acerca los ojos al papel como si fuera miope. Lee de abajo hacia arriba y de arriba hacia abajo, a punto de llorar. Examina el reverso en busca de algo más, pero está en blanco. Arruga la carta, furioso, y vuelve a extenderla, como si deseara cambiar su contenido con un pase de magia.

Querido Lencho:

Estabas equivocado si creías que iba yo a esperarte toda la vida. Pasó lo que tenía que pasar. Un hombre de verdad, no un maje como tú, se llevó la prueba de amor que tanto me pedias. Ya sé lo que se siente ser mujer y ahora no quiero nada contigo. Adiós para siempre. Salgo a la capital con mi nuevo amor. Nunca sabrás mi dirección. Que no se te ocurra buscarme...

Borges y el ultraísmo

a Luis Terán

Lo dijo con la deferente gentileza de un patriarca interesado en la juventud estudiosa, pero haciéndome sentir el rigor de su augusta, indiscutible autoridad literaria. Y lo dijo en voz alta, para que oyeran el consejo todos los profesores del departamento:

—¿Por qué no cambia de tema? Borges renegaba del ultraísmo y él sabía un poco del asunto, ¿no cree? A nadie le importa esa parte de su obra, fue un capricho de adolescente. Si quiere hacer tonterías, hágalas, para eso es joven, pero apiádese de Borges. A él no le hubiera gustado que usted se doctorara en sus balbuceos.

Hubo un silencio expectante, como el que precede la ejecución de un condenado a muerte, y aunque me sentía destrozado por dentro no le di el gusto de acusar el golpe. Sonreí con más rabia que timidez, buscando apoyo moral entre los asistentes al coctel de bienvenida. Nadie me defendió. Para discutir con Florencio Durán era preciso tener su estatura intelectual y ninguno de nosotros la tenía. Me dolió sobre todo la traición de Fred Murray. Él me había embarcado en la tesis y como jefe del departamento debió interceder por mí, o por lo menos decir algo que sonara inteligente. Pero fingió sordera y con ello pisoteó su dignidad académica. Modestia aparte, soy el investigador más brillante de esta pinche universidad. Si mi estudio sobre la participación de Borges en el movimiento ultraísta era una sandez, ¿dónde quedaba parado Murray y qué valor tenían los estudios literarios en Vilanova University? ¿Qué clase de idiotas éramos todos?

Claro que los poemas ultraístas de Borges no tienen importancia en sí mismos, pero en ellos se vislumbra ya el tema de la refutación del tiempo, que será decisivo en su obra de madurez: algo parecido iba a responderle a Durán cuando se abalanzaron a pedirle autógrafos mis alumnos de Teoría Literaria, que al fin veían cumplido su anhelo de conocer en persona a un peso completo del parnaso latinoamericano. Comprendiendo que haría el ridículo si discutía con él delante de sus admiradores, me dirigí al extremo opuesto del salón, donde un mesero negro servía el vino de honor. Dos copas y un canapé me quitaron las ganas de entrar en polémica. Entre Durán y yo había una distancia infranqueable. Por simple respeto a las jerarquías debía guardar silencio, como un soldado raso que obedece instrucciones de su general. ¿Quién era yo junto a él? Un oscuro especialista, un parásito del talento ajeno. Pero entonces ¿por qué se había ensañado conmigo?

Esa pregunta me ulceraba el orgullo mientras lo veía dedicar libros traducidos a catorce idiomas. Ningún trabajo le hubiera costado criticarme con amabilidad, reservándose la sorna y el desprecio para sus iguales. El mismo comentario, dicho de buena fe, quizá me hubiera motivado a estudiar algo más interesante, porque Florencio —debo reconocerlo— tenía su parte de razón. Escogí el tema de mi tesis (*Borges y el ultraísmo: reflexiones sobre un prófugo de la vanguardia*) pensando más en llenar una laguna que en mis propios gustos. El Borges que de verdad me interesaba es el Borges de *Ficciones* y *El aleph,* pero había una copiosa bibliografía sobre esos textos y no me atreví a competir con Emir Rodríguez Monegal y su equipo de borgianos de Harvard. Opté por cultivar a solas una parcela crítica justamente ignorada, con toda la mediocridad que esto implica. Florencio había descubierto mi falta de ambición, pero eso no le daba derecho a ponerla en evidencia delante de mis colegas. ¿O acaso le gustaba pisar cucarachas?

Un grito me devolvió la presencia de ánimo cuando más la necesitaba para no despertar compasión. Mi ex amante Gladys Montoya, profesora de Historia del Arte, quería presentarme a la esposa de Florencio, una rubia escuálida y cenicienta, embutida en un abrigo marrón, que llevaba en el cuello un aparato ortopédico. Me saludó sin mirarme a los ojos, como una primera dama renuente a entablar relaciones con funcionarios menores. Se llamaba Mercedes, había nacido en Bogotá y a los doce años emigró con su familia a París, donde conoció a Durán. Le calculé treinta y cinco años. Venía de dar su primer paseo por la universidad y estaba maravillada con las ardillas que retozaban en los jardines, pero los edificios de estilo neogótico le habían parecido un tanto cursis. Gladys estuvo de acuerdo en que eran unos adefesios y nos dio una breve conferencia sobre la manía estadunidense de construir antiguallas falsas, lo que a su juicio denotaba un complejo de inferioridad cultural. Mercedes bostezó. Quizá trataba de insinuamos que para charlas cultas ya tenía de sobra con las de su marido. Viéndola tan escasa de atractivos, deduje que Durán se había enamorado de sus ojos. Eran dos verdes amenazas de fidelidad eterna. Sólo podía mirar con esos mares de la tranquilidad una mujer decente hasta la frigidez.

Le pregunté a qué pensaba dedicarse durante su estancia en Vilanova.

—Espero que me dejen trabajar en el taller de artes plásticas —al fin me sostuvo la mirada—. Hago grabados en metal y estoy reuniendo materiales para una exposición.

—Me los tiene que enseñar un día de éstos —dije por cortesía, deseando con toda el alma que no me tomara la palabra.

Gracias a Dios era supersticiosa y jamás enseñaba sus cuadros antes de exponerlos, porque le traía mala suerte. ¿Verdad que no se lo tomaríamos a mal? Ni a Florencio le mostraba su *work in progress,* pero si yo quería ver fotos de su producción reciente, con todo gusto me las haría llegar, para que no la creyera pedante. Como además de pedante me pareció ridícula, dejé su ofrecimiento en el aire y dirigí la conversación hacia el maligno tema de su cuello ortopédico: ¿No le molestaba para trabajar?

—Qué va. Si es comodísimo agacharse con esta vaina —bromeó—. Pero lo bueno es que ahora camino con la frente en alto —y enseguida, como para dejar bien claro que no era una lisiada incurable, nos dijo que le habían puesto el aparato para curarle una vértebra cervical desviada, pero se lo quitarían a más tardar en seis meses. Pensé que Mercedes, como todas las feas, tenía su pequeña reserva de vanidad y daba esa noticia no pedida para que tratara de imaginármela sin la gorguera. Nada me costaba complacerla. Forcé la imaginación al máximo y la seguí viendo gris, insípida, triste.

Gladys nos dejó solos para unirse al grupo formado alrededor de Florencio, que había terminado ya de conceder autógrafos y ahora charlaba con el rector de la universidad, a quien tenía embelesado con su magnífico inglés. Murray alzó los brazos pidiendo silencio y desde el estrado anunció que por decisión del Academic Board, nuestro distinguido visitante acababa de ser nombrado doctor Honoris Causa. Abrazo de Florencio con el rector y aplausos de toda la concurrencia. Mercedes no se acercó a compartir con su marido ese momento de gloria, detalle que me causó gratísima impresión. Sería fea y esnob pero no mendigaba el resplandor ajeno. Perdonándole su exquisita superstición me senté a su lado y le hablé de mis desventuras en Vilanova, de cuánto sufría para explicar *Primero sueño* a estudiantes que apenas chapurreaban el español. Como llevaban medio semestre atorados en la piramidal sombra, les había dicho que sor Juana escribió el poema en un viaje de hongos alucinógenos, y ahora por lo menos me ponían atención. Logré arrancarle una sonrisita débil y forzada que me permitió ver sus enormes dientes frontales. (Decididamente, Mercedes era el ripio más notorio de Florencio.) Roto el hielo, se animó a confesarme su temor a morirse de aburrimiento en Vilanova. Estaba acostumbrada al ajetreo de París y le habían dicho que nuestra casa de estudios era la catedral del tedio.

Le recordé que la universidad estaba a veinte minutos de Filadelfia: podía darse una escapada cuando necesitara una tregua de ardillas.

—¿Y en Filadelfia qué se puede hacer, aparte de visitar museos?

—Nada —le confesé— pero en South Street hay desfiles de negros que bailan con sus radios portátiles, y eso por lo menos levanta la moral, después de ver a los autómatas de los suburbios. Fíjese en ellos cuando suba al tren. Parecen postes con maletín. Todos van de gabardina y abren al mismo tiempo el *Wall Street Journal*, como si los manejaran a control remoto.

Acostumbro tocar a la gente con la que hablo. Es un acto reflejo, una manera de relacionarme a través del tacto, y en un momento de la conversación, mientras disertaba sobre la uniformidad mental del pueblo norteamericano, apreté sin darme cuenta la rodilla de Mercedes. Fue un apretón venial y breve, más anodino que un beso de tía, pero ella reaccionó como si hubiera intentado violarla. Sacudida por una descarga de adrenalina o por una coz de sus deseos frustrados, apartó la rodilla con brusca determinación, ruborizada como un semáforo. A manera de disculpa, y para no exponerla a mayores depravaciones, retiré mi silla veinte centímetros, dejando entre los dos un virtuoso abismo. En vez de tranquilizarla conseguí que se apenara más al tomar conciencia de su pudibundo traspié.

—Florencio debe estar deseando que me lo lleve de aquí —tartamudeó—. Voy a rescatarlo de sus admiradores —y nos despedimos con un choque de manos tiesas.

De algo sirve haber estudiado semiología. Esa noche, con el auxilio del whisky doble que utilizo como pastilla para dormir, me dediqué a interpretar la reacción de Mercedes. El significante no podía ser más claro: un apretón de rodilla la puso a temblar. Lo difícil era encontrarle un significado a esa conmoción. Estaba casada con un hombre que le doblaba la edad. Florencio era un titán de las letras, pero a sus años le convenía más una enfermera que una esposa. Calvo, cianótico, frágil como un libro descuadernado, en la cama debía de oler a formol, a cirio, a homenaje *post mortem*. Pobre Mercedes. A cambio de las delicias intelectuales que seguramente gozaba con él, estaba desperdiciando su juventud. Tan embotada tenía la sensualidad, que ni siquiera alcanzaba a distinguir una caricia de un gesto social. Yo le gustaba a su piel, mas no a su conciencia. Chaperona de sí misma, sacaba el traje de puerco espín a la menor insinuación de un faje, pero sometido a una presión mayor su cuerpo rompería el cerco de púas exigiéndole a gritos un armisticio, un deshielo integral y definitivo. Mi descodificación de su carácter sólo fallaba en un punto: para saber si el significante correspondía con el significado hubiera tenido que acostarme con ella, y mi apetito descifrador no llegaba tan lejos.

Desmoralizado por el hiriente comentario de Florencio, perdí el interés en Borges y casi llegué a detestar sus poemas de juventud, pero seguí adelante con la tesis porque ya la tenía muy avanzada y no quería que Murray me notara el resentimiento. Un meticuloso robot hubiera hecho mi trabajo igual o mejor que yo. Fichaba libros y ordenaba datos en la procesadora invadido por una sensación de inutilidad. «*Los ultraístas aplicaron a la poesía las ideas de Ortega y Gasset sobre la deshumanización del arte*». Hermosa gragea para el hocico de un erudito. «*Ramón Gómez de la Serna apadrinó el movimiento y luego se apartó de él*». Viva el deporte de citar por citar. «*En una célebre condena de los vicios literarios de su tiempo, Borges declaró la abolición en la poema ultraísta no sólo del confesionalismo y los trebejos ornamentales, sino de la circunstanciación, o sea, de la anécdota*». ¿Cómo reciclar esa chatarra para especialistas, que Borges mismo hubiera condenado, si ahora juzgaba mi tesis con el criterio implacable de Florencio Durán?

Además de perjudicarme como investigador, me desacreditó como docente. La mayoría de mis alumnos tomaba clase con él (había venido a impartir un curso de tres meses pagado a precio de oro) y sus brutales embestidas contra la moderna ciencia literaria empezaron a crearles dudas. Después de oírlo venían a decirme que los métodos de análisis estructural eran grilletes para la imaginación. ¿Por qué los obligaba a diferenciar el texto del intertexto si Míster Durán decía que esos terminajos sólo ahuyentaban a la gente de la literatura? Yo les respondía que un escritor como él podía confiar en sus intuiciones, pero ellos necesitaban una sólida base metodológica para desentrañar los múltiples significados de un texto. Predicaba en el desierto, pues ahora me habían perdido el respeto. Un escritor «de a de veras» les recomendaba tirar a la basura mis enseñanzas, y aunque yo tuviera la razón jamás lograría imponerla, porque los argumentos académicos habían pasado a segundo plano. Simpatizaban con Florencio porque —más allá de sus juicios literarios— no querían parecerse a mí cuando fueran grandes.

Dos semanas después del coctel volví a encontrarme con Mercedes en el auditorio de la universidad, cuando vino a representar *Yerma* una compañía de actores portorriqueños. Llegué a la mitad del primer acto y no tuve más remedio que sentarme junto a ella en la única butaca disponible del auditorio. Esta vez me cuidé mucho de tener las manos quietas, y sin embargo, por la manera como se removía en el asiento, por su tos neurótica, por su incesante cruzar y descruzar de piernas, advertí que mi presencia le incomodaba. Si Mercedes hubiera sido una mujer satisfecha, contenta con su cuerpo, habría interpretado su nerviosismo como un homenaje a mi virilidad. No provocaba esas tensiones en una mujer desde mis épocas de preparatoriano, cuando tocaba la quena en un grupo de folcloristas y mi negra melena de cóndor andino causaba furor entre las chiquillas. En el intermedio, forzada por las circunstancias, Mercedes tuvo que saludar a su temido vecino de butaca. Le pregunté por qué su marido no la acompañaba y me respondió —malhumorada, como quien responde a un reportero impertinente— que se había quedado trabajando. Con Florencio nunca podía salir, se quejó. Por las mañanas se encerraba a escribir, en las tardes leía como endemoniado y de noche descansaba repasando el diccionario etimológico de Corominas.

—Debe sentirse muy orgullosa de él —comenté, aunque me hubiera gustado preguntarle si no tenía ganas de asesinarlo.

—Yo no lo traje al mundo ni escribo sus libros. ¿Por qué voy a sentirme orgullosa?

—Por ser la primera dama del Parnaso latinoamericano.

—Eso es lo que más me fastidia —Mercedes no estaba para bromas—. Florencio podrá ser un genio, pero yo tengo derecho a existir por mi cuenta, ¿no cree? Estoy harta de la gente que me busca para sacar algo de él.

—Yo no quiero nada de su marido ni tampoco de usted —iba a darme la media vuelta, indignado, pero me detuvo una súplica de Mercedes:

—Perdóneme, no quise ofenderlo. Es que a veces necesito dejar bien claro que soy una persona independiente.

—La comprendo. Estuve casado con una feminista que me obligó a respetar su independencia. La respeté demasiado. Nos divorciamos porque ella me quería sojuzgar a mí.

—Usted me cae bien —sacó un cigarro y le ofrecí lumbre—. Es el único profesor del departamento que no anda rondando a Florencio para pedirle una entrevista.

—Si le cayera bien me hablaría de tú.

—No me caes tan bien. Gladys Montoya dice que eres muy presumido.

—Porque no le hago caso. Yo quiero una mujer para toda la noche y ella me quiere para toda la vida.

—¿Y las alumnas para qué son? ¿Para toda la tarde?

—No las toco ni con el pensamiento. El reglamento de la universidad me prohíbe cumplir sus fantasías eróticas.

—Tiene razón Gladys. Te crees divino, ¿verdad? Apuesto que te pasas horas frente al espejo.

Estaba lejos de sentirme tan seductor, pero el sinuoso coqueteo de Mercedes me confirmó en la creencia de que a ella sí le gustaba. Y más aún: quería cerciorarse de que no tuviera compromiso con otra mujer. ¿Había olvidado su quisquilloso pudor o lo disfrazaba de atrevimiento? Iba a decirle que mi presunción era un arma defensiva contra las mujeres dominantes, cuando el portero del teatro se acercó a recordamos que no se podía fumar en el vestíbulo.

—¿Y entonces dónde se puede fumar? —protestó Mercedes.

Tapándose la nariz en señal de repudio, el portero nos invitó a fumar en el jardín.

Afuera coincidimos en que la gangosa representación de *Yerma* nos había indigestado y resolvimos privamos del segundo acto. La acompañé hasta Pembroke House, el edificio donde se hospedan los visitantes ilustres de la universidad. Creo que si la invito a mi departamento, esa misma noche hubiera pasado algo. Hasta guapa la vi, engañado por el desparpajo con que me trataba. Su vivacidad fue disminuyendo, sin embargo, a medida que nos acercábamos a los dominios de Florencio, y cuando nos detuvimos en la puerta de Pembroke era ya la señora timorata de nuestro primer encuentro. Había recordado, al parecer, que la esposa de una vaca sagrada no debe tutearse con desconocidos. Ya para despedirse, con la llave en la cerradura, me invitó a una cena que su marido y ella ofrecían el viernes al personal hispánico de la universidad. Le pregunté cuál era su departamento y me señaló una habitación del segundo piso que tenía la luz encendida. La silueta de Florencio se recortaba contra la ventana. Estaba leyendo y pensé que la lectura, en su caso, debía de ser algo como un vuelo inmóvil, un trance místico, una excursión al más allá. Al ver esa ventana leí yo también, pero dentro de mí. Leí un rencor naciente que se traspapelaba con mis notas a pie de página, escritas esa misma tarde, mientras Durán irradiaba chispas de inteligencia; leí su próximo libro como si leyera mi sentencia de muerte y no me conformé con estrechar la mano de Mercedes: le di un beso de segunda boca, un beso corto y artero, calculado para tomarla por sorpresa y dejarle en los labios una tibia sensación de atropello.

La cena fue más grata de lo que había esperado gracias a un cambio de última hora: Florencio nos honró con su ausencia. El día anterior viajó a Nueva York, invitado por su amigo François Mitterrand, que visitaba la ONU en su gira por Estados Unidos y tenía programado un encuentro con intelectuales del Tercer Mundo. La deserción de Florencio liberó a los invitados de un peso invisible. Bebimos a gusto y charlamos con desenvoltura, libres del respeto paralizante que nos hubiera impuesto su compañía. No estuvo en la mesa, pero tampoco nos abandonó por completo. Su gloria cenó con nosotros y en el ambiente parecía flotar un aire de grandeza como el que se respira en la casa de una celebridad convertida en museo. Los altos dignatarios de la cultura mundial con los que departía en ese momento nos acompañaron también, empequeñeciendo al grupo. Fue significativo que no se hablara de política ni de literatura, como si nos diera pena manosear temas que en el encuentro de Nueva York se tratarían con más autoridad y clarividencia: ellos eran los patrones y nosotros los criados que hacíamos chorcha en la cocina. La conversación se redujo, pues, a chismes de la Universidad —pusimos al día la nómina de profesores engañados por sus mujeres— y a sabrosas intrigas domésticas.

Metido hasta el cuello en las disputas del Academic Board, Murray llevaba la voz cantante. Nos contó que la esposa del rector, a todas luces lesbiana, estaba protegiendo a una peligrosa mafia de viragos encabezada por Dinora Laforgue, la subdirectora de Humanidades, que ahora pretendía colocar a una querida suya en la coordinación de Lenguas Extranjeras. Murray ambicionaba el puesto, y para conseguirlo pensaba utilizar al Comité de Alumnos (controlado por estudiantes maoístas) donde había hecho correr el rumor de que Dinora y su amiga eran agentes de la CIA. ¿Verdad que era justo frenarlas? Todos le ofrecimos apoyo moral, incluso Gladys, que antes de andar conmigo tuvo un romance con Dinora y podía ser oreja del otro bando (pero esto Murray no lo sabía: se lo dije después y por poco le da un infarto). Ajustadas las cuentas con el enemigo, hablamos de cosas menos importantes: de cuál era la mejor cosecha de Chateauneuf du Pape, de una serie policial que nos tenía pegados al televisor, de la estúpida y puritana campaña contra el cigarro. Sin Florencio la vida podía ser muy agradable.

Sólo Mercedes parecía fuera de lugar en la reunión. Más que nuestra maledicencia, le molestaba yo. Apenas entré al departamento supe que algo había cambiado entre los dos. La noté fría, hostil, atenta por compromiso. En represalia por lo del beso no me dirigió la palabra en toda la noche. ¿O se había enfadado porque no llegué más lejos? Ambas cosas podían ser verdad, pues con ella no funcionaba la semiología. Sus cambios de conducta eran imprevisibles. En el teatro había dado señales de necesitar un bombero que le apagara las fiebres, y ahora me castigaba por haber lanzado el primer manguerazo. O era una reprimida sin remedio que sólo coqueteaba para no sentirse insignificante, o de verdad quería conmigo, pero su ángel de la guarda le sujetaba el ronzal del deseo. Envalentonado por el Grand Marnier que acompañó a los postres, decidí salir de dudas esa misma noche, y como no tenía pretexto para verla en privado, a la hora de las despedidas olvidé mis llaves en una repisa.

Volví por ellas cuando ya se habían ido los invitados. La encontré sin maquillaje y en bata, lista para dormir. Sobresaltada por el timbrazo, me abrió la puerta dejando el seguro puesto, más firme que nunca en su papel de anfitriona ofendida. Mis excusas no disiparon su desconfianza. Fue por las llaves y me las entregó por la rendija de la puerta sin invitarme a pasar.

—Quiero hablar contigo un momento —detuve el portazo con la punta del pie—. Creo que malinterpretaste lo del otro día.

—Ven mañana y explícaselo a Florencio. Ahora estoy muy cansada.

—Por favor, Mercedes. Ábreme la puerta y te juro que me voy en cinco minutos.

Accedió a mi ruego pero se quedó en el recibidor, de pie y cruzada de brazos, con la mirada vacía de quien oye sin escuchar. Un potente plafón iluminaba su rostro blancuzco, salpicado de barros y espinillas que ahora, con la cara lavada, salían a relucir como la basura descubierta al levantar un tapete. Al ver sus piernitas huesudas y sus pantuflas de abuela estuve a punto de soltar una carcajada soez, pero me disciplé recordando mis experiencias de fumador. El primer cigarro tampoco me había gustado y sin embargo domé la repulsión hasta convertirla en placer.

—No quiero que me guardes rencor por lo que pasó. Perdóname, creí que estabas sintiendo lo mismo que yo y cometí una tontería. Espero que a pesar de todo sigamos siendo amigos, ¿no? Le tendí la mano en señal de reconciliación.

—¿Amigos?

—Amigos —la mano de Mercedes era un pájaro en llamas. No podía desaprovechar una mano tan prometedora.

—Entonces invítame la última copa, no seas mala. Necesito calentar motores antes de volver a mi casa.

Sirvió dos copas de Grand Marnier y puso un disco de Satie que me vino como anillo al dedo para una confesión melancólica. Mi soledad era cada día más angustiosa. Trabajaba como burro para no enfrentarme con ella, pero los fines de semana me caía en el alma una desazón tan amarga, una languidez tan aplastante, que tomaba el primer tren a Filadelfia y me pasaba el día recorriendo bares, emborrachándome de tristeza con la cara oculta entre las páginas de un periódico. Esa parte del tango era verdad pura. Hice luego un falso retrato de la compañera que podría sacarme a flote, procurando acercarme lo más posible al carácter de Mercedes. Daría la vida, dije, por encontrar a una mujer inteligente y madura, de preferencia interesada en la literatura y el arte, que no hubiera perdido la costumbre de soñar. A cierta edad las mujeres veían la vida como un proyecto, como una lucha por alcanzar la estabilidad, mientras que para mí la única manera de ser feliz era no pisar tierra firme. Por eso había fracasado mi anterior matrimonio. Ella me creía irresponsable porque no le daba seguridad emocional y nunca entendió que yo necesitaba la inseguridad para sentirme vivo. Me acusaba de actuar como un adolescente y en eso tenía razón: lo era, por no transigir con el orden y la vileza del mundo.

—Sé que tú me comprendes porque no has claudicado —me deslicé hasta la mitad del sofá, preparando el asalto final—. Tienes la ventaja de trabajar con la imaginación y eso te mantiene joven. Florencio debe ser muy feliz contigo, estoy seguro. Mi ex esposa era casi perfecta: sólo le faltaba tirar a la basura el sentido común. Lo bueno de ti es que la fantasía te mantiene a salvo de la cordura. Si te hubiera conocido hace diez años, a lo mejor no cometo tantos errores.

El sonrojo de Mercedes me indicaba que iba por buen camino: la vanidad artística era su punto débil. Había subido las piernas al sofá y entre los pliegues de la bata pude ver sus delgados muslos. Ella notó la mirada y se tapó con un cojín.

—Lo que necesitas es enamorarte de nuevo —me aconsejó, entre maternal y docta—. No dejes que se te cierre el mundo: muchas mujeres andan buscando lo mismo que tú.

—¿Tú crees, Mercedes? ¿Tú crees que la mujer que busco pueda estar cerca de mí?

—No lo sé, pero si te sigues encerrando en tu coraza nunca la vas a encontrar. Tienes que arriesgarte a las decepciones.

Era el momento de ensayar piropos más encarnizados. Alargué mi brazo por el respaldo del sillón, aventurándome hacia su pelo. Ella se dejó acariciar un segundo y después, como si algo le quemara, apartó la cabeza y se puso de pie.

—Voy a preparar café. Si quieres otra copa sírvete, pero ésta sí es la última. Quiero dormir aunque sea tres horas.

En vez de servirme la copa fui tras ella: si al día siguiente iba a tener una cruda moral, que fuera por algo que valiera la pena. Estaba enchufando la cafetera cuando entré sigilosamente a la cocina y la tomé por la cintura, posando mis labios en su cuello ortopédico. Giró sobre sus talones y me puso un codo como defensa, pero la bata se le había desabotonado y al abrazarla de frente palpé su carne fría, insulsa como el índice onomástico de mi tesis. Amenazó con llamar a la patrulla de la universidad si no la soltaba, pero su vientre, pegado a mi sexo, desmentía sus palabras y su actitud de virgen ultrajada. Estaba cediendo. Intuí que con ella salía sobrando la ternura, y en un golpe de procacidad indómita estrujé sus nalgas enjutas, inexistentes casi, a la manera de Jack Nicholson en *El cartero siempre llama dos veces*.

—¡Eres un cerdo, lárgate, déjame en paz! —protestaba, y sin embargo ella misma se bajó los calzones, ofreciéndome un pubis palpitante y humedecido que se abrió entre mis dedos como un capullo.

Sólo entonces dejó de clavar el codo en mi adolorido plexus, aunque seguía tensa y apretaba las mandíbulas como para darme a entender que atravesaba una severa crisis de conciencia por engañar a Florencio. En él pensaba yo también, mientras lamía sus endurecidos pezones y la encaramaba sobre la mesa del desayunador. Si Florencio no hubiera estado presente en espíritu, creo que me habría desanimado a media seducción. Pero el sufrimiento de Mercedes, que se avergonzaba tanto de serle infiel, agregaba un encanto especial a su caída. Pocas mujeres se me han entregado con esa intensidad culpable. Participar de su conflicto moral me ayudó a vencer mis náuseas de fumador, a desearla sin reparar en su cuerpo desangelado, y cuando nos arrastramos a la recámara para consumar el adulterio mi sangre ardía como el agua de la cafetera, que terminó evaporándose junto con el fantasma tutelar de Florencio.

Una vez pasada la euforia sensual, Mercedes cayó en la tristeza posterior al coito prescrita en el célebre adagio latino, que sólo es aplicable a seminaristas cachondos y a señoras cursis como ella. Traté de reconfortarla dándole un beso en la oreja, pero hice corto circuito con su remordimiento.

—Voy a darme un duchazo —gruñó y se levantó de la cama envuelta en una sábana, pues ahora su desnudez le resultaba insoportable.

Yo era el peor enemigo de su alma, el intruso que debía esfumarse junto con el orgasmo convertido en culpa.

Encendí un cigarro y me levanté a curiosear con la turbia satisfacción de quien profana un templo. En la recámara contigua encontré un magnífico escritorio de caoba y frente a él, clavado a la pared, un pizarrón de corcho con las fotos consentidas de Florencio. La que más me impresionó fue una tomada en los fastuosos jardines de Cambridge, donde alternaba con Italo Calvino y mi venerable objeto de estudio. Contemplando ese pequeño altar de su vanidad elucubré la fantasía de alcanzar en el baño a Mercedes y concederle *encore* bajo la regadera. Hasta una erección tuve, pero un feliz descubrimiento me apaciguó la sangre. Junto a la máquina de escribir, Florencio había dejado un borrador que seguramente corregiría cuando volviera de su encuentro con Mitterrand. Era un ensayo sobre la envidia en Latinoamérica. Lo leí a salto de párrafo y sin perder de vista la puerta del baño, para que Mercedes no me sorprendiera husmeando al salir de la ducha.

Durán sostenía que la envidia, a diferencia de otros pecados capitales como la pereza o la soberbia, típicos también del hombre latinoamericano, había sido a lo largo de nuestra historia un defecto civilizador. Envidiosos del bienestar de las colonias norteamericanas, los criollos habían creado naciones independientes para conquistar el bien ajeno en el terreno político y económico. Nuestro acendrado nacionalismo no era sino un subterfugio psicológico para negar esa envidia original que deberíamos reconocer con orgullo, pues nada vergonzoso había en desear la libertad y el progreso de otros pueblos. Por desgracia, el anhelo de integramos a la modernidad se había transformado en rencor por no poder alcanzarla, de ahí nuestro sentimiento de inferioridad respecto a Estados Unidos. La envidia mal canalizada nos había hundido en el subdesarrollo. El odio al gringo, explotado por los antiguos y modernos tiranos de Latinoamérica, denotaba una derrotista inclinación a marchar en contra de la historia. Nuestros libertadores también eran descendientes de Caín, pero tuvieron la audacia de envidiar lo más alto. Bolívar, Hidalgo y Martí querían pueblos de hombres libres abiertos a la competencia con el exterior, a diferencia de Castro y Daniel Ortega, carceleros de una Latinoamérica encerrada en sí misma.

El orgullo patriótico se demostraba mejor emulando al gigante que tirándole piedras con resortera: ésa era la enseñanza de hombres como Juan Bautista Alberdi, que sembró a mediados del XIX la semilla del espectacular desarrollo económico alcanzado por Argentina en la primera mitad del presente siglo. Incapaces de seguir su ejemplo, nuestros demagogos continuaban empecinados en matar a Abel, aunque sólo pudieran rasguñarlo. Palabras como identidad y soberanía, carentes de sentido en el mundo moderno, donde la interdependencia borraba fronteras, le habían costado muy caras a Latinoamérica. Para bien o para mal pertenecíamos a la civilización de Occidente, y hasta el nacionalismo nos venía por herencia europea. Sólo éramos originales cuando envidiábamos a conciencia, cuando nos adueñábamos de la riqueza cultural ajena. Nuestra literatura no había tenido un lenguaje propio hasta que los modernistas adaptaron al español la métrica y el ritmo de la poesía francesa. Darío fue un libertador pasivo: su conquista fue dejarse conquistar.

En otra parte del texto, Florencio distinguía dos clases de envidia: una era la envidia mezquina, paralizante, aldeana, de quien desearía ver a los fuertes reducidos a su tamaño, para sentirse acompañado en el fracaso, y otra la envidia revolucionaria, constructiva, del hombre que transforma la realidad opresora donde se incubó su resentimiento. «Ésta es la envidia que yo quiero para nuestros pueblos –concluía tan propensos a la resignación y el conformismo. Sueño con el día en que los hombres de Latinoamérica, sacando fuerzas de su ambición atormentada, construyan el espacio de libertad y justicia donde no tengamos nada que envidiar».

¿De qué sirve tener buena prosa si uno la emplea en escribir necedades? La destreza lingüística de Florencio era tan evidente como su falta de ideas. Alquimista de las palabras, convertía la mierda conceptual en oro expresivo. Hasta una receta de cocina parece inteligente y profunda cuando la redacta un escritor como él. Su exquisita verba deslumbrará a los cretinos que le otorgaron el Premio Cervantes, pero quien distinga el oro del oropel no encontrará en el texto sino frases huecas. Durán es un intelectual de bisutería, lo he sostenido siempre. Desde *Aire de últimos días* (y en esto coincido con mucha gente) no ha escrito nada que valga la pena. Lo peor es que a últimas fechas, decepcionado de la Revolución cubana, se ha convertido en un vocero del imperialismo. El tufillo positivista y neoliberal del ensayo no dejaba lugar a dudas. Ya lo quisiera ver preconizando la envidia constructiva en el Valle del Mezquital o en las favelas de Sao Paulo. ¡Con qué tranquilidad pasaba por alto las doscientas intervenciones militares de Estados Unidos en Latinoamérica! Un sofisma por aquí, una paradoja elegante por allá, y se borraban como por encanto dos siglos de opresión. Para eso lo mimaba la burguesía criolla: para que cantara loas al individualismo y a la libre empresa mientras ellos mandaban sus dólares a Miami. Al calor de la indignación me dieron ganas de poner por escrito lo que pensaba de él. ¿Pero qué pasaría si le gritaba su precio en el periódico de la universidad? Dirían que lo atacaba por hacerme notar, por hambre de reflectores, y que en el fondo le tenía envidia, sí, envidia, como si fuera muy envidiable llevar una cornamenta como la suya. ¿Cuándo inventarían el Premio Cervantes para la esposa más puta del jet set literario?

Por asociación de ideas recordé que Mercedes llevaba demasiado tiempo en la ducha, y como nunca se sabe lo que puede pasar con las adúlteras arrepentidas, fui a ver si estaba vomitando o se había cortado las venas. Toqué varias veces en la puerta del baño: su llanto hacía un lastimoso contrapunto con el goteo de la regadera. Siendo el hombre menos indicado para consolarla, me vestí tan aprisa como ella se había desvestido y antes de partir le dejé sobre la mesita de noche un recado que ahora me arrepiento de haber escrito:

Mi soledad ya es nuestra.
Te quiere,
Silvio

Llegué a mi departamento casi al amanecer y estuve tres horas dando vueltas en la cama sin pegar los ojos. Mercedes no sabía mentir, le faltaban tablas para engañar a Florencio. ¿Qué tal si le confesaba todo cuando lo recogiera en el aeropuerto? Entre intelectuales suecos quizá hubiera corteses intercambios de esposas, pero Durán y yo, latinos de sangre caliente, podíamos acabar a balazos. Estaba metido en un drama calderoniano, y por culpa de una Filis con cuello ortopédico. No, la culpa era mía, yo había encendido el cigarro que no deseaba. ¿Por qué fui tan imbécil y retorcido? Una reflexión tranquilizadora me permitió descabezar un sueñito diurno: el más perjudicado con el escándalo sería Florencio. Lo más conveniente para él era despercudir su honor en privado y vengarse de mí pidiéndole al rector que me cesara por ineptitud. Ojalá se atreviera: el Comité de Alumnos jamás permitiría el despido injustificado de un profesor democrático y progresista.

Por si las dudas, mientras el panorama se aclaraba procuré hacerme invisible. Falté a mi clase del martes para no encontrármelo en los pasillos de Thomas Hall y me abstuve de tomar café con galletas en el salón de profesores. Cada vez que sonaba el timbre de mi casa me parapetaba detrás de la puerta con el atizador de la chimenea, por si acaso era Florencio en plan de bronca. El viernes, harto de la zozobra y el encierro, me atreví a despejar la mente yendo al cine club de la universidad, aunque tomé la precaución de llegar con la película empezada para entrar a oscuras.

De nada sirvió: al salir de la función me topé con Florencio y Mercedes en la parada de la camioneta que da servicio gratuito a los residentes del campus.

—Hasta que por fin lo encuentro, don Eduardo —Florencio me dio una efusiva palmada en el hombro.

—Se llama Silvio —corrigió Mercedes, diplomática a pesar de su nerviosismo.

—Silvio, claro, Silvio, perdóneme, tengo muy mala memoria para los nombres. Quería pedirle una disculpa por no haber estado en la cena del viernes. A última hora me hablaron de Nueva York y no le podía fallar a François –su familiaridad con Mitterrand me cayó en el hígado–. Ya me contaron que usted con tragos es muy simpático. Dice Murray que hasta parecía un ser humano.

–A Murray tengo que darle clases de mala leche. Antes me insultaba mejor.

–No le exija demasiado. El pobre está leyendo a Sábato y eso le seca el ingenio a cualquiera.

Entonces debí responderle: «Pues imagínese cómo estaría de apendejado si lo leyera a usted», pero la prudencia me aconsejó tratarlo con gentileza. Si le mostraba mi animadversión abiertamente podía sospechar que había pasado algo entre Mercedes y yo. Preferí salir del paso con una pregunta inocua:

–¿Y qué tal estuvo su encuentro con Mitterrand?

–Aburridísimo. El secretario general de la UNESCO nos recetó una ponencia de treinta cuartillas. Me despertaron para aplaudir. Yo no sé por qué me invitan a...

Florencio clavó la vista en el libro que yo traía bajo el sobaco (por deformación profesional llevo libros a todas partes, aunque no los lea) y dejó trunca la respuesta.

–A ver, déjeme ver qué tiene ahí –me arrebató el libro de un zarpazo–. *Los movimientos de vanguardia* de Guillermo de Torre. Así que sigue metido en el ultraísmo. ¿No se aburre de arar en el desierto?

Su desprecio no me hirió tanto como la vez pasada, pues ahora sólo había un testigo de la humillación. ¡Y qué testigo! Mercedes podía contarle a qué me dedicaba en mis ratos de aburrimiento.

–Es un libro de consulta, lo utilizo como fuente de información –expliqué.

—Pues tenga mucho cuidado, joven. Se puede ahogar en esa fuente —y me devolvió a Guillermo de Torre con la punta de los dedos, como si temiera ensuciarse.

En ese momento llegó la camioneta, y como había sentido a Mercedes más incómoda que yo, decidí abreviar su examen de hipocresía.

—Yo me voy a pie. Me gusta caminar de noche y por dos cuadras no vale la pena tomar el *shuttle*. Vivo en el condominio de profesores. A ver cuándo vienen a tomarse una copa.

—No creo que podamos —intervino Mercedes, cortante—. Florencio no tiene un minuto libre y yo voy atrasada con los cuadros de la exposición. A lo mejor al final del curso.

—Bueno, ya nos pondremos de acuerdo —y cerré la puerta de la camioneta felicitándome por haber toreado a Durán sin recibir cornada.

La sensación de alivio duró menos que un suspiro. Apenas los perdí de vista me sentí menospreciado y ridículo. Recordé que Murray se reunía todos los viernes a jugar dominó con sus alumnos de posgrado. El dominó me aburre a morir, pero esa noche le hice una visita porque necesitaba desahogarme con alguien. Lo encontré alegre y con los ojos inyectados por el tercer jaibol. Llegas como caído del cielo; necesitábamos a alguien que nos hiciera la cuarta.

—Pues encomiéndense a Dios, porque les voy a quitar hasta la camisa —y me serví un whisky en las rocas para emparejarme con el trío de jugadores.

Perdí varios juegos al hilo por falta de concentración. Mientras colocaba fichas a la buena de Dios, pensaba en Florencio. Ni siquiera había recordado mi nombre. ¿O era tan astuto como para olvidarlo a propósito? No, simplemente yo no existía para él. Por consecuencia, tampoco deseaba humillarme, sino mostrarse paternal conmigo. Para ocuparse de mí había tenido que mirar hacia abajo, y después de hacerme un favor tan grande lo de menos era que aprobara o no mis lecturas. En sus puñaladas no había mala voluntad, eso era lo que más me dolía. Manteniendo en secreto sus infidelidades, Mercedes lo había vacunado contra los celos. Era la clásica puta respetuosa que le da gusto al cuerpo sin lastimar al marido. Mi breve incursión punitiva en su lecho conyugal no le había causado perjuicio alguno, y cuando se largara de Vilanova seguiría paseando su limpia reputación por todas las universidades del mundo, en congresos, mesas redondas y sainetes culturales de alto nivel donde Florencio sería la vedette estelar, el monstruo sagrado que cautiva por su sencillez, que da entrevistas y autógrafos mientras su mujer, también talentosa, pero enferma de calentura, busca un profesor discreto que se la coja tras bambalinas.

A las dos de la mañana se fueron los amigos de Murray. Aturdido por el empacho de puntos negros, que más tarde vería desfilar en sueños, le acepté un último trago mientras me desintoxicaba del dominó.

—Desde la cena del viernes pasado no te había visto —Murray me pasó la botella de Chivas—. ¿Por qué no fuiste a tu clase?

—Porque no me quería encontrar a Durán.

—¿Y eso? ¿Tan mal te cae?

—No es que me caiga mal, pero —agité los hielos de mi vaso mirando a Murray con picardía—. Pero a lo mejor yo sí le caigo mal a él.

—Estás loco. Ni siquiera sabe tu nombre. Cree que te llamas Eduardo.

—Ya lo sé —un ataque de agruras me perforó la garganta—, ya sé que no se ha dignado posar sus ojos en mí, pero créemelo, tenía mis razones para jugar a las escondidas.

—¿Lo insultaste o qué?

—No, apenas hemos cruzado palabra. El problema fue con su esposa... Bueno, Fred, te voy a contar algo pero júrame que no sale de aquí.

Besó la señal de la cruz con los ojos desorbitados de curiosidad.

—Que me parta un rayo si abro la boca.

—Mejor no te cuento nada.

—Carajo, Silvio, yo sé guardar un secreto.

—Está bien, pero cierra la puerta de la recámara. No quiero que tu mujer nos oiga.

Me obedeció con presteza y hasta puso un biombo auditivo subiendo el volumen del tocadiscos. Entonces, atribulado como un aprendiz de traidor, le conté lo que había sucedido al final de la cena, desde que volví por mis llaves a Pembroke hasta que dejé a Mercedes llorando en la regadera. Omití, por supuesto, los detalles inculpatorios: no le dije que había dejado las llaves adrede ni mencioné el ensayo de Florencio, y hasta donde me fue posible alterné los comentarios procaces que suelen acompañar ese tipo de confidencias (cómo gemía Mercedes, cuántos orgasmos tuvo, etc.) con golpes de pecho que denotaran arrepentimiento. Mi hazaña era más vergonzosa que meritoria y no podía contarla como si me hubiera tirado a Madonna. Culpé de todo al Grand Marnier, a mi soledad, a las insinuaciones de Mercedes.

—Por eso anduve escondido toda la semana –concluí–. ¿Tú no hubieras hecho lo mismo en mi lugar?

Murray asintió en silencio, como si meditara cuál era la penitencia que mi confesión exigía. Volví a pedirle discreción absoluta y él volvió a besar la señal de la cruz.

—Te juro por mi madre que de aquí no sale nada.

No me defraudó. Veinticuatro horas después, el chisme había llegado hasta el último cubículo de Vilanova. Si acudí al divulgador más eficaz de la universidad fue porque me había sentido usado por Mercedes. Yo no era un amante desechable. La despectiva reserva con que me trató a la salida del cine club ameritaba una represalia. Me irritó sobre todo su aristocrática manera de marcar distancias, como insinuando que a pesar de haberse acostado conmigo jamás admitiría entre sus íntimos a un intelectual de segunda. Estaba expulsado de la corte y ni en sueños podía aspirar a que sus majestades me visitaran. Por simple justicia poética, la gente debía saber cómo se las gastaba la señora Durán.

Conocí demasiado tarde su verdadero carácter. A los pocos días de mi conversación con Murray, cuando ya empezaban a circular versiones deformadas del chisme (Florencio resultó un homosexual de clóset que toleraba los pasatiempos de su esposa mientras perseguía muchachitos), oí un misterioso recado en mi contestadora telefónica: «Habla Mercedes. Necesito verte para un asunto urgente. Creo que ya sabes de qué se trata. Te espero a las ocho en el taller de grabado». Creyendo que se había puesto al corriente de las murmuraciones, me dispuse a recibir insultos, amenazas y golpes. Pero, ¿quién entiende a las mujeres? No bien había entrado al taller, que a esa hora estaba desierto, se lanzó a mis brazos como una quinceañera impetuosa y atolondrada.

—Creí que no ibas a venir, que te habías enojado conmigo —susurró, bañándome los bigotes de saliva.

Traía puesta su bata de trabajo, llena de lamparones y manchas de pintura. Tuve que apartarla con delicadeza para que no me ensuciara el saco.

—Desde la otra noche no he dejado de pensar en ti.

—Yo tampoco —mentí— pero creía que estabas arrepentida.

Nos besamos otra vez, ahora con ternura. Su cuerpo se cimbraba al contacto del mío. Protegiéndome con los codos la mantuve a higiénica distancia.

—Perdóname por ser tan estúpida —reclinó en mi hombro su cuello ortopédico—. ¿Sabes por qué me encerré a llorar en el baño?

Negué con la cabeza.

—Porque me dio pena traicionar a Florencio. No me lo vas a creer, pero hasta entonces le había sido fiel, demasiado fiel. Me sentí como si hubiera escupido un crucifijo ¿entiendes? Y lo peor es que no le importo, nunca le importé. Florencio está enamorado de sí mismo, es incapaz de querer a nadie.

A continuación, sentada en un taburete y entrelazando sus manos a las mías, expectoró su consternarte biografía sentimental. A los veinte años, deslumbrada con el talento de Florencio, había confundido el amor con la admiración. Tras algunos fracasos amorosos con jóvenes de su edad, le pareció fabuloso que se fijara en ella un escritor de fama internacional, atractivo todavía a pesar de su vejez. Algo tuvo que ver la rebeldía en su decisión de casarse con él. Como toda niña rica de los años sesenta, detestaba el orden burgués, la carrera de ratas en pos del dinero, y creyó que Florencio la introduciría en un ambiente bohemio, anticonvencional, donde la imaginación y el espíritu lúdico importaran más que las tarjetas de crédito.

El desengaño no se hizo esperar. Florencio tenía American Express Gold y era una enciclopedia parlante, un metódico paladín de la disciplina que rara vez salía de su biblioteca para asistir a soporíferas reuniones de intelectuales conservadores y abstemios. A pesar de todo le tomó cariño, porque desde niña padecía inseguridad emocional (a los dieciséis años la hospitalizaron por anorexia crónica) y a su lado se sentía protegida, cobijada, serenamente dichosa. A falta de placeres más gratificantes, gozaba como propios los triunfos de su marido. Era una planta de sombra, un satélite sin luz propia. En público se presentaba como «la mujer de Florencio Durán», lo que implicaba un suicidio psicológico. Más tarde, cuando intentó valer por sí misma, sufrió las consecuencias de haberse anulado como persona.

Los críticos de arte la elogiaban por compromiso. No les creía ni media palabra porque en sus notas mencionaban siempre a Florencio, como si el talento se transmitiera por contacto sexual (contacto que, en su caso, era prácticamente nulo). Artistas con más prestigio que ella hubiesen dado la vida por exponer en la galería donde presentó sus trabajos de principiante. Florencio le allanaba todos los obstáculos, pero eso no significaba que creyera en su talento. Por dentro se reía de ella, estaba segura, porque además deególatra era machista. Jamás toleraría que su mujercita le hiciera sombra. ¿Había visto yo a esos ricachones que meten a sus mujeres a estudiar pintura para quitárselas un rato de encima? Pues Florencio era idéntico. A veces hasta fingía entusiasmarse con algún grabado, pero eso sí, por nada del mundo le permitía diseñar las portadas de sus libros. ¿No era ésta una señal inequívoca de menosprecio?

Dependía tanto de él emocionalmente que a fuerza de sentirse ninguneada había perdido la voluntad. Quiso abandonarlo más de una vez, pero en el último instante se acobardaba. Los débiles de carácter eran así: hasta un alambre de púas podía servirles de asidero. Pero esa vida tortuosa y humillante había quedado atrás, junto con su nociva inclinación a existir de perfil, a brillar de prestado, el día que yo la tomé entre mis brazos y le devolví el amor propio. Fue como si una voz interior le ordenara: «Despierta y goza, eres una mujer».

Al llegar a este punto del relato me besó las manos, sacudida por espasmos de llanto. Sentí una mezcla de compasión y desasosiego. Me gustaba gustarle, pero hubiera preferido desempeñar un papel menos crucial en su vida. ¿Tan bien había estado en la cama? Ni que fuera para tanto. Nomás le faltaba anunciar su definitiva separación de Florencio y nuestra próxima boda. Pasada la crisis de llanto, su rostro se iluminó como el de las actrices que ven la felicidad tras los nubarrones de un melodrama.

—¿Y sabes qué me dio valor para llamarte? —preguntó, saltando sobre mis rodillas—. La nota que me dejaste. Leyéndola pensaba: Silvio me quiere y está solo, su soledad es nuestra. ¿Por qué no la compartimos? Tardé en decidirme a coger el teléfono porque no estaba segura de tus intenciones. Dime la verdad: ¿me quieres? ¿De veras me quieres?

Asentí por cobardía. Mercedes rodeó mi cuello con sus brazos, derretida de viscosa ternura. Con el rímel corrido lucía horrorosamente feliz. Debo de haber hecho un gesto de desagrado y ella creyó adivinar el motivo:

—¿Te preocupa Florencio, verdad? A mí también, pero tenemos que ser valientes. Yo soy capaz de llegar hasta donde tú quieras...

—¿No crees que vas demasiado rápido? —la interrumpí—. Hay cosas de mi carácter que a lo mejor no te gustan. Necesitamos conocernos más a fondo antes de...

—Tienes razón, perdóname. Digo tonterías porque a tu lado no me controlo. Eso de hablar con alguien que me escucha es algo nuevo para mí. Florencio es el rey del monólogo. Cree que pierde autoridad si le cede la palabra a alguien. Tú eres distinto. Contigo no me da pena pensar en voz alta. Júrame que nunca te vas a convertir en una gloria nacional.

Juré con la sonrisa más falsa de mi repertorio, mezcla de vinagre y azúcar. Ya no sólo estaba incómodo sino asqueado. Nada es tan repulsivo como juzgar con distancia crítica las ternezas de alguien que nos habla a corazón abierto. Me sentía un traidor con el alma embarrada de melcocha. Si Mercedes prolongaba la retahíla de cursilerías tendría que pararla en seco de la manera más cruel: abriéndole también mi corazón. Preferí callarla a besos. La furia es un afrodisiaco excelente y en ese momento la detestaba tanto que no me fue difícil rodar con ella por el pringoso suelo del taller y poseerla con brutalidad, como si

de verdad la deseara. Mercedes quedó exhausta y purificada por dentro. Yo tuve que mandar mi saco a la tintorería.

Nuestra historia de amor (o mejor dicho, la suya) entró en
la etapa de las citas clandestinas. Nos veíamos dos veces
a la semana en un motel de Rosemont, el pueblito más
cercano a la universidad. Los primores que Mercedes me
contaba de Florencio apaciguaron a tal punto mis con-
flictos morales, que llegué a sentirme casi justiciero. Mi
conducta era deshonesta, lo admito, pero a veces hay que
obrar mal para hacer el bien. De algún modo estaba reparando el daño que Durán le había hecho a Mercedes. Cada
tarde con ella era un alfiler clavado en su vanidad. Que re-
corriera el mundo haciéndole guiños al Premio Nobel, que
se codeara con Susan Sontag y le picara el culo a François
Mitterrand, que diera cátedra frente al espejo mientras los
jóvenes valores de la narrativa lustraban sus botas a lengüetazos: mi pedestal estaba entre las piernas de su mujer.

Ajustadas las cuentas con la ética, me quedaba sin embargo un motivo de amarga inquietud: Mercedes insistía
en celebrar mi falta de renombre literario y se deleitaba
pintando nuestra relación como una alianza de pobres
diablos que se lamen las heridas. El mecanismo autode-
nigratorio de construirse una ratonera sentimental para
demeritar su conquista indicaba que seguía bajo la tutela
psicológica de Florencio. Yo la comprendía, pero comprender no consuela. Es indignante que lo quieran a uno
por su opacidad. En varias ocasiones traté de hacerle no-

tar, cuando se congratulaba de haber encontrado a un hombre común y corriente, que yo no era tan común y corriente como suponía. Le hablé de mi libro *César Vallejo: una poética de lo innombrable*, elogiado nada menos que por Fernando Lázaro Carreter, y de mis colaboraciones en la revista de la Hispanic Society. Fue inútil. Acostumbrada a juzgar el mérito intelectual desde la posición de un *big leaguer*, mis logros académicos la impresionaban poco. Su injusta valoración de mi obra nunca me afectó (estaba y estoy seguro de lo que valgo) pero le quitó sabor a las encerronas en el motel de Rosemont. La mitad del placer que obtiene una pareja adúltera proviene de colocar al engañado en una situación de inferioridad. Así es la naturaleza humana y no seré yo quien la adorne con mistificaciones. Quítenle a dos adúlteros el gusto de lastimar o de creer que lastiman y su aventura se tornará más desabrida que un matrimonio. ¿Cómo íbamos a sentir ese poderío, ese bienestar espiritual derivado del ridículo ajeno, si nuestro lazo de unión era la mediocridad?

Para invertir esa relación de fuerzas, y con el pretexto de ahorrarme las cuentas de hotel, propuse a Mercedes que nos viéramos en mi departamento. A su oferta de pagar el cuarto respondí haciéndome el orgulloso: primero muerto que aceptar dinero de una mujer. Mi objetivo era obligarla a cometer indiscreciones. Con un poco de suerte, el escándalo provocado por sus misteriosas visitas al condominio de profesores podía llegar a Florencio. Y entonces, a menos que fuera de piedra, tendría que despegar los ojos de sus bellos manuscritos y aprenderse ni nombre.

Algo se logró. Mercedes era flaca pero no invisible y entre mis vecinos había fisgones profesionales como Gladys

Montoya, que se la encontró varias veces en el elevador. Un viernes por la noche la vieron salir del edificio –con el pelo mojado, para mayor balconeo– los jugadores de dominó que llegaban a casa de Murray. Sólo nos faltaba coger con las cortinas abiertas. Éramos la comidilla de Vilanova, los chistes sobre Durán iban subiendo de color, Mercedes leyó un grafiti contra ella en el baño de la cafetería, pero Florencio continuaba feliz y desinformado, porque la maledicencia respeta siempre a quien la nutre con su ceguera. Ajeno a las miserias terrenales, dedicado a construir su inmortalidad, él seguía encaramado en la gloria y aunque Mercedes volviera a la medianoche con la espalda llena de chupetones, jamás le preguntaba dónde se había metido. Los dioses no sienten celos porque son autistas.

De lo que vino después no me siento responsable, pues había perdido el control de mis actos. En la jerga judicial hay algo que se llama locura momentánea y yo empecé a padecerla cuando faltaba una semana para que Florencio terminara de impartir su curso. Por un lado tenía la presión de Mercedes, que me urgía a tomar una decisión: ¿Estaba resuelto a vivir con ella si rompía con su marido? Con gusto la hubiera mandado al infierno, pero eso habría significado aceptar mi derrota. ¿Tanto tiempo invertido en ella para que Florencio regresara ileso a París? El odio a Durán, casi patológico a esas alturas, me impedía razonar con sensatez. Añádasele a esto que ya no tenía la conciencia tranquila. Repasaba, insomne, todas las bajezas que había cometido desde que seduje a Mercedes, y no les encontraba excusa. El sentimiento de culpa, cuando no se resuelve en un acto de contrición, puede impulsarnos a cometer una gran canallada con la que uno trata de fugarse hacia adelante. Eso fue lo que me sucedió cuando leí la entrevista de Florencio en el boletín de la universidad.

El hecho de verla publicada ya me dio coraje: los redactores del boletín jamás han acudido a Murray o a mí para recoger nuestros puntos de vista. Como de costumbre, la universidad se autodespreciaba ignorando a sus profesores de planta. Y encima, Florencio aprovechaba la tribuna para lanzarnos tierra. Interrogado sobre la creciente especialización de los estudios literarios, respondía con una ponzoñosa indirecta: «Creo que la Teoría Literaria se ha vuelto un obstáculo para comprender la literatura. Me apena ver a esos investigadores jóvenes que destazan un poema y hacen gráficas ilegibles. ¿Para quién escriben? Su terminología se vuelve cada vez más sofisticada porque no tienen nada que decir. Aspiran a monopolizar el conocimiento y están monopolizando la verborrea. Si yo fuera joven y tuviera interés en las letras, preferiría ser cronista de futbol que doctor en Semiología. Hay más literatura en los diarios deportivos que en muchas tesis de doctorado».

¿Quién sino yo podía ser el destinatario de su veneno? Cada poema ultraísta de Borges lleva en mi tesis una gráfica adjunta. Florencio ponía especial cuidado en no mencionarme, para evitar la posibilidad de una réplica: ¡gallarda manera de atacar a un colega! Pero me irritó más todavía —porque revelaba en él una intuición diabólica— el comentario sobre los cronistas deportivos. Soy fanático del futbol soccer, aficionado al americano, disfruto los partidos de tenis y no me desagrada el box. Cuando estoy en casa leyendo a Greimas o a Derridá y sé que van a dar en la tele un buen evento deportivo, padezco tremendas crisis de vocación.

¿Qué hacer?, me pregunto. ¿Sigo estudiando o prendo la tele como un oficinista cualquiera? Invariablemente pierde la batalla el hombre de letras. Entonces, mientras me retaco de repeticiones instantáneas y anuncios de cerveza, pienso en Alfonso Reyes o en Dámaso Alonso, que jamás hubieran cambiado sus lecturas por un *touchdown* y concluyo que nunca llegaré a nada, pues mi necesidad de emociones burdas refleja una falta de sensibilidad incompatible con el quehacer literario.

La broma de Florencio dio justo en el blanco, pero esta vez no me anduve con rodeos para devolver el golpe. Había observado que todos los miércoles, entre nueve y diez de la mañana, se encerraba en su cubículo a leer periódicos. La víspera dejé pegado en su puerta, a la vista de cualquiera que pasara por el pasillo, un anónimo con el cual estaba seguro de provocarle diarrea:

¿Sabes con quién se acuesta la puta de tu mujer? Hoy a las ocho de la noche date una vueltecita por el condominio de profesores, depto. 401.

Mercedes y yo habíamos convenido vernos a esa hora para decidir el futuro de nuestra relación, de modo que pensaba matar dos pájaros de un tiro. Cuando ella entrara en mi departamento (tenía copia de la llave para evitarse oprobiosas antesalas cuando yo tardaba en llegar) Florencio averiguaría quién era el pintor de su deshonra, y si no llevaba tinta en las venas, destrozaría la puerta para sacarla del pelo.

Preferí ahorrarme la escena de vodevil, no porque le tuviera miedo a Florencio, sino para seguir la táctica de agresión elusiva y sesgada que él utilizó en la entrevista. Sentado en la barra de la cafetería esperé que dieran las ocho. Fingía leer viejos ejemplares de la revista *Sur* sin quitar la vista de mi reloj. Para combatir la tensión doblaba servilletas, me comía las uñas, jugaba a sacar y meter la punta de un lapicero. Si mis cálculos no fallaban, Florencio estaría leyendo mi nombre en el tablero del interfón. Con eso me bastaba: que descubriera quién se había fumado a Mercedes y luego, si le venía en gana, que arreglara el asunto a puñetazos o se largara dignamente a llorar su pena.

A las nueve de la noche salí de la cafetería y me entretuve dando un rodeo por los jardines de la universidad, para estar seguro de volver a mi departamento cuando el ciclón hubiera pasado. Peor para Florencio si me esperaba con ánimo de pelea; sentiría mucho tener que romperle los lentes. Pero ése no era su estilo. Seguramente hallaría a Mercedes con la blusa desgarrada y el cuello ortopédico roto: «¡Florencio lo sabe todo, Silvio ¿Qué vamos a hacer?», y esa noche la consolaría con valium y palabras tiernas («no te preocupes, mi vida, me tienes a mí»), pero a la mañana siguiente, cuando me llevara el desayuno a la cama, le anunciaría que después de largas meditaciones, y con todo el dolor de mi corazón, había decidido que no congeniábamos: *Get out of my life!*

Pero nada sucedió como lo había planeado. Mercedes no fue descubierta y sólo estaba furiosa por mi tardanza. Florencio ni siquiera se tomó la molestia de vigilarla. El mismo día que leyó el anónimo tomó sus maletas y se largó a París, donde se ha dedicado a escribir la narración que ahora estás leyendo como si de tu boca saliera. ¿Verdad que parece escrita por ti? ¿Verdad que parece un autorretrato? Si no te reconoces en él será porque embellecí tu carácter. Mil disculpas: el esperpento psicológico es un género que no domino. Confío en que ya te habrás librado de Mercedes cuando este relato llegue a tus manos. Gracias por quitármela de encima. Tampoco yo la soportaba desde que se le metió en la cabeza el gusanito del arte. Creo que me tenía envidia, ¿sabes? Nunca te dejes arrastrar por ese pecado. Pero cómo se me ocurre decírtelo a ti, si me consta que tienes un corazón de oro. Debo terminar ya porque se me hace tarde para llegar a una cena en el Quai d'Orsay. Gorbachov aprecia mucho a los intelectuales, pero detesta la impuntualidad. Si supieras cuánto me aburren estos compromisos... Saludos a Murray y suerte con la tesis, Eduardo.

Amor propio

a Mauricio Peña

Cuando Gertrudis el mesero me dijo que Marina Olguín la verdadera Marina Olguín acababa de llegar al Marabunta Club acompañada de dos caballeros pensé que Carlos y Luciano habían inventado el cuento de la sorpresa para convencerme de ir al tugurio donde presentaban el show de vestidas pero antes de salir a escena eché un vistazo por la rendija de bastidores y al descubrir que Gertrudis no mentía las piernas me temblaron de miedo a que Marina hubiera venido a burlarse de mí pues traía puesto el mismo vestido que yo usaba en el número y ellos sabían que despertar mi curiosidad era la única forma de hacerme salir del hotel donde la depresión me había enclaustrado desde que llegamos a Veracruz para grabar esta mugrosa telenovela pero a pesar de mi recelo acepté la invitación y actué confiada en que mi trabajo la sorprendería tal y como sucedió cuando llegamos al cabaretucho y me vi retratada en la marquesina con el vestido rosa que yo había cosido esmerándome por copiar con exactitud las lentejuelas doradas de los hombros el encaje de florecitas que subía de la cintura al escote formando una V la falda muy entallada para lucir las soberbias nalgas que hicieron de

Marina un símbolo sexual y fueron mi mayor dificultad
al montar el número porque soy más plana que un disco
y me costó sangre conseguir estas almohadillas italianas
que convierten el culo más seco en una maravilla dije con
los ojos a Marina Olguín mi divina doble mientras daba un
sorbo largo al whisky cortesía de la casa que se honraba
de tenerme hipnotizada oyendo la vocecita ronca y mo-
nocorde que mi director artístico jamás ha podido educar
en labios de un travesti mucho mejor dotado que yo para
el canto.

Nuestro amor es lo más bello del mundo,
nuestro amor es lo más grande y profundo.

Esa noche forcé al máximo las cuerdas vocales para evitar
que los aullidos de Roberto deslucieran la imitación que
había preparado durante meses observando todos sus ges-
tos corporales y faciales el incesante parpadeo de flapper
la genuflexión coqueta el asedio bucal del micrófono que
sugería un apetito lúbrico todas esas muecas que me hacen sentir ridícula cuando estudio los videos de mis actua-
ciones ahora tenían una elegante naturalidad como si el
personaje que en el fondo soy la materia despersonalizada
en que me han convertido cobrara de pronto una vida más
plena que la mía bravo grité fascinada por el espectáculo
de ser alguien y le arrojé o me arrojé un clavel que atrapó
en el aire con una destreza que me hizo recordar las proezas de Roberto el beisbolista su retiro de los diamantes por
culpa del jardinero izquierdo el catcher y el short stop que
me dieron pira en un terreno baldío atrapé el lanzamiento
de Marina Olguín y besé el clavel antes de colocármelo

entre los rizos de la peluca rubia en un desplante que arrancó aplausos a la clientela del Marabunta Club ebria con el milagro de ver juntas a las dos Marinas original y réplica enamoradas de su semejanza era tan seductora que al terminar la canción Marina y yo habíamos establecido una especie de intimidad un pacto de amor sellado por el beso de nuestras bocas unidas a través del clavel dígale que venga pero tiene que sentarse a tomar una copa ¿conmigo? sí contigo dijo Gertrudis y me quedé petrificada en el camerino dudando si debería presentarme vestida de Marina o disfrazada de Roberto ante la mujer que más admiraba en el mundo y había copiado no sólo en su apariencia física sino en la vida interior que Marina dejaba traslucir en sus entrevistas memorizadas por Roberto en noches de insomne identificación con ella no se metan advertí a Luciano y a Carlos que festejaban con risas de hiena un chiste del que sólo pude oír la palabra Narciso porque mi atención estaba concentrada en la mujer que se abría paso entre las mesas atestadas de borrachos eludiendo pellizcos y rechazando invitaciones hasta llegar junto a mí para tenderme la mano que las barreras del espejo y del sueño me habían impedido estrechar buenas noches me dijeron que usted quería platicar conmigo dije siéntate Marina dije y me quise morir de orgullo al notar que su mano raspaba y la mía era tersa mucho más femenina que la suya tráigale lo mismo que a mí ordené al mesero y fui presentada con sus dos acompañantes Luciano Ríos escenógrafo de teatro y televisión encantada Carlos Segovia el diseñador del vestido que traemos puesto mucho gusto a primera vista me di cuenta de que los dos eran jotos felicidades nos dejaste con el ojo cuadrado dijo Luciano esta mujer quedó encantada con tu imitación ¿verdad Marina? yo asentí di las gracias tartamuda de vergüenza muerta de rabia porque Luciano estaba echando todo a perder con esos comentarios delatores elogiosos que viniendo de personas tan importantes en el medio artístico significaban una consagración un aterrizaje un triunfo atroz en la realidad cómo te llamas le preguntó el imbécil de Carlos yo sólo pude articular dos sílabas de mi nombre masculino pues ella me interrumpió furiosa qué te importa cómo se llama dije porque la verdad no me importaba detrás de los velos siempre hay una decepción o una vulgaridad y yo quería dejar enterrado todo lo que no fuera Marina Olguín vamos a brindar por el gusto de habernos conocido propuso y al levantar el vaso derramé unas gotas de whisky ella se apresuró a limpiar el mantel con una servilleta y en ese momento apreté delicadamente mis dedos fue una caricia inocente cachonda que me dio aplomo para responder la pregunta de Carlos quien no había entendido mi juego y la obligó a revelar que hace nueve años me inicié como travesti en el carnaval de Veracruz luciendo un vestido de Angélica María que causó sensación y luego seguí cantando en bailes hasta que unos amigos me dijeron oigan por qué no se van a ligar con los chichifos de la barra y nos dejan platicar a solas sugirió ella dulcemente ríspida Carlos y Luciano se levantaron de la mesa indignados sudé frío pensé que había cometido un error quise disculparme y correr a mi camerino porque una extraña chusca miserable como yo no tenía derecho a sembrar discordia entre Marina y sus amistades qué pena con tus amigos murmuré yo le dije que no se preocupara que así me llevaba con ellos y pidió a Gertrudis otra ronda de tragos todavía no me acabo el mío protesté pues acábatelo de Hidalgo le dije y entonces me hizo conversación sobre nuestros vestidos yo me lo puse por casualidad fue lo primero que encontré hoy al abrir el clóset en cambio yo había visto el programa donde canté Nuestro Amor por primera vez y corrí a comprar cinco metros de lino para hacerme uno pero si no es de lino es de algodón toca rio reí reímos de cómo engañaban las cámaras de televisión ella me sorprendí de lo bonito que me había quedado el encaje y se inclinó fingiendo que la oscuridad no me dejaba distinguir las flores para rozar con los labios sus senos rellenos de un hule más natural que mi piel sintió un rechazo instintivo y brindé nuevamente con tal de sacudirme su boca del pecho por el éxito de tu nueva telenovela por esa mierda no quiero brindar mejor por tu belleza Marina salud hermana salud apuró la copa de dos tragos y pidió más y más whisky al mesero que iba y venía de la barra a la mesa meneando las nalgas apenas ocultas por una minifalda mientras ella se convertía bajo el efecto del trago en una tigresa locuaz que descuartizaba a sus compañeros de trabajo David Rivadeneyra tenía halitosis era un tormento besarlo en las escenas de amor Gabriela Ruán se acostaba con los técnicos la primera actriz Gilda Gálvez no sabía escuchar el apuntador electrónico dije pestes de todo el mundo fue perdiendo la figura la educación la vergüenza la brújula y de pronto se puso a llorar tapándome la cara con las manos qué tienes Marina por qué lloras entre sollozos me contó sus pleitos con Rebeca Bulnes la estrella de *La mujer marcada* una perra que se acostó con el productor para quitarme el primer crédito comprendí que había bebido para desahogarse y quise consolarla con palabras de aliento no sufras mujer una doñanadie jamás te arrebatará el primerísimo lugar que has conquistado a base de trabajo y estudio dije y aunque su ingenuidad me hizo reír por dentro aproveché su compasión para estrecharla en mis brazos es que tú no sabes Marina tú no sabes cómo es de canalla la gente del medio y ciertamente yo nada sabía del fundamento artístico pero muchas veces en las cantinas había visto machos que se gustaban y tenían que beber hasta derramar lágrimas para besarse con la excusa de la emotividad y me horrorizaba que Marina empleara conmigo la misma táctica pues aun idolatrándola no podía tolerar su olor ambiguo de mujer hombre que oculta debajo de la falda un as de bastos ese olor de albañil emputecido boxeador con chanel me derretía me desesperaba tenerla pegada como una sanguijuela y quizá la hubiera empujado si Carlos no aparece en la mesa como caído del cielo Luciano y yo nos vamos al Perro Salado vienes o te quedas dijo a nosotras llévanos al hotel dije Marina y una servidora vamos a intercambiar nuestros vestidos la sorpresa me quitó el habla ¿verdad que te gustaría cambiarlos? insistió sí claro pero nada de peros tú te vienes conmigo Carlos quiso pagar la cuenta y Samantha mi patrona le dijo que de ninguna manera pocas veces visitaban el Marabunta Club personas tan distinguidas como la señorita salimos los cuatro los tres porque Marina y yo sumábamos una íbamos a serlo en la recámara tengo más whisky por si quieres tomarte la del estribo no gracias yo entro a dejar el vestido y me voy a mi casa corriendo porque tengo un marido esperándome dije para imponerle respeto y disuadirla de intentar la seducción que leía en su mirada me mareaba como si a través de nuestros ojos una tercera mujer que no era ella ni yo se adentrara en el vacío de los reflejos interminables fueron para mí los minutos que tardamos en llegar al Hotel Emporio jamás hubiera creído que Marina la muchacha dulce y honesta de las telenovelas fuera capaz de fumar mota mientras acariciaba su pierna la mía nuestras piernas enlazadas a un cuerpo distenso por obra de la marihuana que rechacé negando con la cabeza restituida a su legítima dueña después de haberse hundido en la promiscuidad visual de pantallas fotografías anuncios luminosos manoseados por millones de ojos que no me veían a mí sino a través de mi error fue no aprovechar el semáforo de avenida Díaz Mirón para bajarme del coche y huir de sus juegos obscenos que me transportaban a un paraíso donde la pareja se volvía una sublimación de la soledad y el amor no significaba una mengua para el egoísmo para el camino a Mocambo faltan como dos kilómetros mejor vuelvan por dónde veníamos luego dan vuelta en la gasolinera y por ahí salen derechito al Perro Salado dije a Luciano y a Carlos en la puerta del hotel Emporio mientras Marina se colgaba de mi brazo como una niña malcriada y les gritaba lárguense putos a ver si encuentran una verga salada en el perro castrado el coche se alejó y yo me quedé aturdida en el malecón oyendo las carcajadas que bullían en mi garganta sin una causa precisa reía de mi nueva perversión o de júbilo por mi conquista o de la seriedad funeral con que mi otra cara me veía entrar al vestíbulo del hotel donde un viejo recepcionista nos reprobó con la mirada un momento usted no puede pasar con la señorita Olguín dijo señalando a la verdadera Marina bendito sea Dios pensé tú eres mi salvación anciano pero quinientos pesos una sonrisa y un autógrafo para la nieta del ruco solucionaron el problema de acostarme con ella no era sólo mi aversión a la vulva sino la certeza de que al prestarme a esa especie de masturbación me faltaría al respeto a mí misma me convertiría en una paradoja de carne y hueso me haría el amor cerrada en círculo como una serpiente se anudó en mis brazos cuando entramos a la recámara fue un ataque artero que arruinó mis planes de defensa qué es esto qué tienes le dije traté de zafarme clavándole los codos en las costillas apartó la cabeza para esquivar mis besos sus dentelladas de loba en brama espérate Marina me vas a romper el vestido pero ella no escuchaba sus ruegos y tuve que darme una bofetada que la excitó más aún Marina mi vida quiero que me hagas arder yo no soy Marina grité me llamo Roberto pero ella subí la voz tampoco yo soy Marina estúpida mi nombre verdadero es Anastasia Gutiérrez a Marina Olguín la inventó el director de Corazones sin destino Corazones sin rumbo corrigió ella te adoro sólo tú puedes conocer mi filmografía mejor que yo y volvió a la carga esta vez con tiernos manoseos ya basta no quiero hacer el amor contigo entiéndelo pero yo sabía muy bien que Marina era una puta y no iban a impresionarme sus desplantes de dignidad tras haberla visto fornicar con actores actrices empresarios presidentes generales abuelas no te vayas dijo y en un tono de irresistible sinceridad me prometió una actuación en canal dos donde cantaríamos juntas después me presentaría con los Agrasánchez para que debutara en el cine íbamos a casarnos porque nada nos lo impedía somos hombre y mujer Marina una pareja perfectamente normal se abrió ante mí un porvenir fulgurante fui una ingenua la ambición me perdió creí en sus promesas y aprovechando ese titubeo la empujé sobre la cama nos enredamos los brazos y las piernas rompí los botones de su vestido creí que se desilusionaría cuando quedó al descubierto la prótesis de mis senos pero su perversidad no tenía límites me desgarró el brasier y besé mi plexus solar cuidadosamente depilado canta me pidió canta te digo y su voz fue la rúbrica de nuestro amor es lo más bello del mundo nuestro amor era lo más grande y profundo porque trascendía la posesión superficial que sólo reafirma la separación de los cuerpos era la posesión total gestando una nueva persona yo tú ella dotada de senos testículos clítoris en la manzana de Adán cuatro dieciséis sesentaycuatro ojos mirándose mirar a la contorsionista que chupaba su propia verga subía en ella y se cabalgaba convertida en un monstruo bicéfalo canta Marina canta gemía mientras su inmunda zanja devoraba mi sexo vendido en aras del éxito profesional canta Marina canta mamacita padrote puta dame la encarnación.

Después de la tortura caímos en un sueño de plomo. Al día siguiente desperté con ganas de vomitar, como siempre que mezclo el alcohol con la marihuana. Desde la cama oí que Marina volvía el estómago pero como estaba demasiado cansada para ir a la grabación tuve que inhalar una raya de coca y fingirme dormida. Salió del baño bastante recuperada y fui a sacar ropa del clóset. Entonces encontré a un naco pintarrajeado en mi cama y gritó lárgate de aquí o llamo a la policía pero qué tienes Marina lárgate pendejo. Vi mi peluca en el suelo y entonces deduje recordé el estúpido capricho de la noche anterior que al verme sin el disfraz se había desencantado. En mi desconcierto recogí por error el vestido de algodón y ese mismo día encargué otro a Carlos porque no estoy loca para usar el del joto mugroso que salió del cuarto a medio vestirse, atropellado por esa infame a la que maldije desde el elevador y no he vuelto a imitar desde entonces. Con el tiempo aprendí a despreciarla y ahora casi le tengo lástima, porque una estrella no debe guardar rencor a segundonas y Roberto podrá ser vanidoso, voluble, tonto si ustedes quieren, pero nunca se deja cegar por el amor propio.

El coleccionista de culpas

a Sergio Escalera

La primera fue regalo del azar. Una culpa no buscada, impredecible y natural como los aguaceros. Emilio Trueba, el mejor amigo de Guillermo dentro y fuera de la universidad, lo citó en un café de chinos para presentarle a su nueva conquista: «Una chavita preciosa de Psicología». El plan era conversar un rato, pasear por las calles del centro y luego ir a ver una obra de Harold Pinter en el teatro Reforma. Fanático de la puntualidad, Guillermo llegó adelantado a la cita. No fue el único: tras la puerta vidriera del café, una trigueña deslumbradora leía en solitaria concentración. Era tan linda que le tuvo miedo y antes de entrar hizo una pausa de timidez en un estanquillo. ¿A quién le temía? ¿A ella o a sí mismo? A los dos quizá, pero más al bochorno de quedarse temblando en la banqueta como un terrorista indeciso.

Entró al fin, aguijoneado por el ridículo. Su tartamuda presentación halagó a la muchacha, que había estudiado suficiente psicología para interpretar su nerviosismo como un homenaje. Se llamaba Clara, tenía profundas ojeras de lectora voraz o de amante incansable, no usaba sostén y una mano brasileña de la buena suerte saltaba entre sus pechos pecosos cuando se reía sin ganas, pero con prometedora indulgencia, de los forzados chistes que Guillermo le asestó al ver el título de su libro, ideal para bromear a costa del amigo ausente:

—¿Personalidad y neurosis? Ahora me explico por qué andas con Emilio. Quieres analizar un caso clínico, ¿verdad? Pues con él tienes material de sobra para ocho tesis. De pronto se le va el avión y pone los ojos en blanco, como si cayera en trance. ¿Nunca te lo ha hecho?

Clara negó con la cabeza.

—Es que contigo se finge cuerdo, pero un día de éstos te va a dar la sorpresa. Y pobre de ti si le gritas o lo zarandeas cuando está en su viaje, porque se pone furioso.

Llegó el café con leche que había pedido. Embrujado por el azul casi negro de los ojos de Clara, le puso cuatro cucharadas de azúcar.

—Se me hace que el pirado eres tú —Clara le quitó la azucarera tomándolo por la muñeca—. Te va a saber a rayos la porquería ésa.

Carcajada de ambos, ahora sí franca y liberadora. Con los espasmos de risa, la mano de Clara se quedó como al descuido sobre la suya. Fue un contacto accidental, pero bastó para que Guillermo ardiera. Ya tenía celos retrospectivos, ya pensaba que la lealtad era una despreciable virtud canina, cuando Emilio irrumpió en el café y aplastó su naciente ilusión saludando a Clara con un beso en la boca.

El recorrido por el centro puso el temple de sus nervios a prueba. Clara y Emilio exteriorizaban demasiado su felicidad. Eran dos tórtolos de comedia musical, juguetones y cursis hasta el empalago. En la plaza de Santo Domingo compraron un raspado y se lo comieron al mismo tiempo en una escaramuza de lenguas traviesas. Clara metía su mano en la bolsa trasera del pantalón de Emilio y él apretaba su menuda cintura (traía una blusa de algodón que le dejaba el ombligo al aire) como elevándose mutuamente a la categoría de trofeos. ¿Para eso lo había invitado Emilio? ¿Para contar dinero delante de un pobre? Toda la tarde hizo un triste papel de patiño erótico, sin saber hacia dónde voltear para no parecer indiscreto, y cuando quiso impresionar a Clara en la iglesia del Carmen, describiéndole su estilo arquitectónico, las palomas de la fachada se cagaron en su cultura.

En el Volkswagen de Emilio, camino al teatro, todavía tuvo que soportar besuqueos y trueques de almíbar en cada semáforo. Su incomodidad no cesó hasta que se apagaron las luces y empezó la función. Si de todos modos iba a ser espectador, prefería el drama del escenario al meloso videoclip de sus amigos. La obra se llamaba *Traición* y el tema era bastante manido —un triángulo amoroso— pero con la rareza de que la intriga retrocedía en lugar de avanzar. Aunque los cambios de tiempo eran desconcertantes, y aunque Ofelia Medina lo encandilaba con su belleza, Guillermo estuvo atento a la obra casi media hora. Ni un minuto más, porque de pronto Clara, que tenía calor y se abanicaba el pecho con el programa de mano, empezó a rasparle la pantorrilla con la punta de su tacón izquierdo. Al principio creyó que se trataba de un tic nervioso y retiró la pierna con enfado porque no podía soportar, deseándola tanto, la limosna de un roce involuntario. Pero Clara estaba consciente de lo que hacía y no cejó en el pedestre asedio, llegando al extremo de quitarse el zapato para incursionar pantalón adentro con su pequeño y cínico pie.

Al terminar la función, cuando Emilio fue a pagar el estacionamiento, hicieron cita para el día siguiente en casa de Clara. Pasaron el mejor domingo de sus vidas, amándose hasta ver constelaciones a ras de suelo. El lunes Guillermo encontró a Emilio en la facultad y no le pudo sostener la mirada. La culpa se había aposentado en su alma. Era como una desnudez superpuesta a la ropa. Lo acompañó a tomar un refresco en la cafetería, viendo dedos acusadores por todas partes, y cuando Emilio le pidió una opinión sobre su novia, contestó –indiferente– que le había caído bien y era bonita de cara, pero demasiado flaca para su gusto.

El triángulo duró más de quince días. Junto con la paz de conciencia, Guillermo perdió el sueño y el apetito. Clara dividía su tiempo entre los dos, a veces viéndolos el mismo día, y cuando Emilio llegaba de sorpresa al departamento, lo mandaba a esconderse en el cuarto de la azotea. En el colmo de la ingenuidad, su amigo insistía en que volvieran a salir los tres juntos: «Anímate, hombre, si quieres le digo a Clara que te presente a una amiga. No quiero ser el típico mamón que deja de ver a los cuates por una novia». El engaño condimentaba sus noches de ladrón furtivo, pero en las pausas del deseo, cuando Clara se adormecía reclinada en su hombro, la excitación canalla se convertía en dolor, en la condena de un riguroso juez invisible. Avergonzado, recordaba los momentos más emotivos de su amistad con Emilio desde que lo conoció en el primer semestre de Ingeniería. No estaba traicionando a un imbécil cualquiera: estaba traicionando a un hermano.

Urgido de amar a Clara sobre una base de honestidad la obligó a jugar con las cartas abiertas: «O le dices la verdad o se la digo yo aunque me parta la madre. Somos unos cabrones. No tiene sentido engañarlo así». Más tarde admitiría que su conducta no fue muy honesta ni muy valiente: estaba seguro de haber desbancado a Emilio −de lo contrario no hubiera corrido riesgos− y encima dejó a Clara con el paquete de la confesión. Pero cuando ella le contó cómo había reaccionado Emilio al saber la verdad (una sonrisa displicente, de futbolista enviado a las regaderas, y el afectuoso parabién «ojalá seas feliz con ese pendejo») se sintió castigado y un poco menos culpable. Había obtenido el desprecio, la bofetada moral que necesitaba para dormir sin pastillas.

Se casaron dos años después, con fuerte respaldo económico de sus familias, que pusieron la boda como requisito para financiarles un viaje de estudios a Europa. Guillermo hizo una maestría en la Universidad de Bolonia, Clara se especializó en la terapia del niño autista, terminados los cursos vivieron un año en París, cuidando niños por las noches para solventar sus gastos, y al volver −casi treintones− a México tenían la mente más abierta, el carácter mejor templado, sin haber perdido el vigor de la juventud. Guillermo trabajó dos años para una inmobiliaria. Entre sus comisiones y las obras que le encargaban clientes particulares, juntó capital suficiente para lanzarse a poner una constructora en sociedad con dos colegas −Benito Ampudia y Martín Lavalle− que no tenían grúas ni camiones de carga, pero sí una red extraordinaria de relaciones en el gobierno.

Clara no se cruzó de brazos viéndolo progresar. Aunque llegó a México embarazada y apenas aliviada del parto reincidió en la maternidad, tradujo libros de Psicología para no alejarse de su profesión y más tarde se puso en contacto con una vieja maestra –la doctora Bambi Rivera– que le dio trabajo en su prestigiosa clínica de Polanco. Teniendo una mujer como Clara, Guillermo se consideraba fuera de peligro en materia de tedio conyugal. Por si no bastara con su inteligencia práctica, a los seis años de casados seguía siendo una amante febril y desinhibida. Gracias a Dios se acostaba con una mujer, no con una mamá. Había pasado ya la época de sus locuras juveniles: los atracones de marihuana, las escapadas a Puerto Escondido, las crudas afrodisiacas en que sólo salían de la cama para comer. Ya no eran gloriosamente irresponsables, pero tampoco estaban enfermos de sensatez. Aficionado a las metáforas urbanistas, Guillermo comparaba su relación de pareja con el emplazamiento de su casa en las faldas del Ajusco, donde la contaminación se dispersaba con las ráfagas de viento que bajaban del cerro. A ellos les pasaba lo mismo: su vitalidad los protegía contra el nubarrón químico de la costumbre.

Abajo, en la ciudad color de rata, el humo y la rutina asfixiaban a millones de seres domesticados, envilecidos, uniformes en el fracaso. Ellos eran de otro tipo sanguíneo. Tenían algo de animales salvajes, quizá porque se habían llevado una víctima entre los dientes cuando el instinto les ordenó atropellarlo todo. Un amigo había salido perdiendo, pero Guillermo se preguntaba qué habría sucedido si no lo hubieran lastimado en el momento oportuno. ¿Tres infelicidades en vez de una? Ese modo de pensar lo había reconciliado consigo mismo. Emilio ya no pesaba en su vida. Era un fantasma jubilado de quien sólo conservaba una superstición: aborrecía las caricias al aire libre y ni siquiera borracho besaba en público a Clara.

Sus hijas ya iban a la escuela y su negocio empezaba a consolidarse cuando tuvo una colisión aparentemente inofensiva, pero de fatales consecuencias para su paz interior. Ocurrió en el restorán Les Champs Elysées, en una comida de relaciones públicas. Su empresa, Dimensión 2000, participaba en un concurso para construir el Centro de Convenciones de Huatulco, y era casi obligatorio atender como príncipes a los funcionarios de Turismo encargados de dar el fallo. Guillermo no sabía cómo tratar a los burócratas engreídos. Detestaba su falsa cordialidad, encubridora de una prepotencia enfermiza, y dejó que sus socios llevaran la conversación mientras él fingía concentrarse en su plato de caracoles. A la segunda botella de vino los funcionarios empezaron a entrar en confianza:

—Lo que ustedes no saben —dijo un calvo de nariz ganchuda, subdirector de algo— es que nosotros cobramos una cuota por estudiar los proyectos.

Hubo un silencio incómodo. Los compañeros del calvo se aflojaron las corbatas, como reprochándole que ventaneara tan pronto su disposición al cohecho. Benito Ampudia intervino con una pregunta ingenua:

—¿Sólo por estudiarlos?

—Bueno, la cuota es baja —explicó el jefe del calvo indiscreto—, no llega ni a cien mil dólares y la pedimos únicamente para saber si la firma tiene solvencia económica. Lo fuerte es el porcentaje por aprobar el proyecto, pero eso ya lo discutiremos más adelante. De momento sólo nos comprometemos a estudiar lo que nos presenten.

Guillermo tuvo ganas de clavarle el tenedor en la panza. ¡Cien mil dólares por un pinche estudio preliminar! Necesitaba serenarse o echaría a perder el esfuerzo diplomático de sus socios. Dijo compermiso y se levantó de la mesa con la intención de remojarse la cara en el baño. Pero en el vestíbulo tropezó de frente y sin escapatoria posible, con una pareja que venía entrando al restorán: Emilio Trueba, con traje sport de banquero neoyorquino, del brazo de una pelirroja que parecía modelo de Vogue.

–¡Hermano, qué milagro! –exclamó Emilio.

Tras un momento de vacilación, Guillermo se resignó a saludarlo, primero con desconfianza, luego efusivamente al ver que su viejo amigo le tendía los brazos en señal de que no le guardaba rencor.

–Déjenme presentarlos. Ella es María Elena, mi esposa, él es Memo, el amigo de la universidad que me bajó la novia –festejó su chiste con una carcajada limpia y sin dobleces–. ¿Todavía sigues con Clara?

–Vamos a cumplir siete años de casados –Guillermo volvió a sentirse desnudo con todo y ropa, como la última vez que lo vio.

–Ya ves cómo sí era tu tipo. Las parejas que yo uno son para toda la vida.

¿Bromeaba para ocultar su resentimiento? Más bien parecía un veterano de guerra mostrando la cicatriz de una vieja batalla, no como reproche al adversario, sino para firmar un armisticio con espíritu deportivo. Había sufrido quizá en el pasado pero estaba tan repuesto del golpe que ahora podía reírse de todo. Y en cuanto a una hipotética envidia, iba tan bien acompañado que Guillermo se la tuvo a él: María Elena era un trofeo de caza mayor. Emilio le propuso que se tomara un trago con ellos, invitación que rechazó por no poder zafarse de los funcionarios turísticos. Intercambiaron tarjetas, volvieron a darse un abrazo y quedaron de hablarse «para salir un día de éstos» con sus mujeres.

—Pero no al teatro —remachó Emilio— porque ya sé cómo te las gastas, cabrón.

La salida se pospuso indefinidamente porque Guillermo no respondió a sus llamadas. El encuentro le dejó un amargo sabor de boca. Se había equivocado creyendo que perder a Clara debía ser una tragedia para cualquiera. Emilio no era un cadáver despechado que se arrastraba por los tugurios de la colonia Doctores pidiendo canciones de José Alfredo. Eso le quitaba un remordimiento, pero en vez de sentir alivio experimentó una súbita devaluación de sí mismo, como si cayera de un sube y baja en el que se había mantenido en alto por el contrapeso de su víctima imaginaria. Clara lo acompañó en la caída. Su encanto de mujer fatal se esfumó ante la evidencia de que no había destrozado a ningún cordero. Guillermo empezó a notarle un fuerte parecido con las señoras de bata y pantuflas que llevaban a sus hijos a la escuela en las sucias mañanas de inversión térmica. También ella roncaba y se inmiscuía en los noviazgos de las criadas. También presumía sus viajes al extranjero con las vecinas y les restregaba en la cara cada nueva adquisición familiar: el equipo de video, la parabólica, el tercer coche para evadir el Hoy no circula.

Durante meses, por una mezcla de orgullo y tozudez, Guillermo se negó a reconocer que su intimidad había perdido encanto. Caería demasiado bajo si toleraba que un ex amigo y una culpa muerta le cambiaran la vida. Obstinado en rechazar la verdad, se consagró compulsivamente al trabajo: mientras pensara en otra cosa no relacionaría su vacío interior con el perdón de Emilio. Soborno de por medio, Dimensión 2000 ganó el concurso para construir el centro de convenciones de Huatulco. Guillermo se ofreció a supervisar las obras y luego dijo a Clara que Benito y Martín, abusivos como siempre, lo habían obligado a hacerse cargo del mastodonte. Para lavar su pequeña culpa de mentiroso, al regreso de cada viaje le traía vestidos, artesanías, juramentos de haberla extrañado mucho.

Ni la contemplación de turistas extranjeras en *topless* ni las noches en bares y discotecas compensaban el aburrimiento de sus fines de semana en México. Trataba de vencer el desánimo con proezas sexuales, pero su imaginación erótica flaqueaba por falta de estímulos. ¿Cómo encender la mecha si Clara ya no era una sublime arpía ni él un romántico traidor de bolero? Absueltos del pasado, limpios como un cuarto de hospital, se amaban con la sencillez y el decoro de las parejas convencionales. Un sábado, cenando en casa de Martín Lavalle, incurrió en las fórmulas de cariño social que más detestaba: se aferró como un adolescente a la mano de Clara, besándola repetidas veces en prueba de vasallaje, la llamó «cosita», «bombón», «muñeca preciosa» y le hizo tantas carantoñas para la tribuna —cosquillas en la nuca, pellizcos de salva— que su hija mayor se le colgó del cuello en un arrebato de celos: «Ya déjala, papi, me toca a mí, yo también quiero jugar contigo».

Tomó el avión a Huatulco sediento de agua salada. Esta vez no se limitó a ver mujeres con el pecho al aire. Tenía mojada la pólvora de ligador, pero con tres martinis en la alberca del hotel obtuvo la desenvoltura necesaria para hacer migas con una canadiense andrógina —senos diminutos y cuerpo de anguila– que prometía delicias de película pomo. Se llamaba Sharon, tenía veintinueve años, era bióloga marina pero no ejercía la profesión porque ganaba más vendiendo cosméticos. Sentimental y borrascosa, resultó mucho menos accesible de lo que Guillermo esperaba. No quiso acostarse con él hasta el tercer día de conocerlo, y eso tras haberle hecho jurar que sentía por ella *something else than a physical attraction*. A punto de entregarse tuvo una crisis emocional. Cada vez que se metía en la cama con un extraño –explicó gimoteando– recordaba al gran amor de su vida, el cómico de televisión Jack Hamilton (sacó una foto de su cartera y se la mostró a Guillermo). Lo había conocido en Nueva York cuando todavía era actor de teatro experimental. Vivieron juntos cinco años. Ahora lamentaba no haber tenido un hijo suyo cuando todavía era una persona decente. Dejó de serlo desde que obtuvo el papel estelar en la serie *Mad Family*, derrotando a cincuenta actores en una reñida audición. El mareo del estrellato lo arrojó a las drogas. Todo lo que ganaba iba a parar a manos de un *dealer*, se enredó con una millonaria cuarentona que lo abastecía de coca y cuando ella los descubrió en el departamento, el cínico le propuso vivir en *ménage à trois*. Lo abandonó por dignidad y para no ser cómplice de su lento suicidio.

La evocación de Hamilton creó un mórbido ambiente de melodrama. Su cópula fue una condolencia, un falso contacto entre cuerpos que no podían faltarse al respeto. Guillermo se las ingenió, sin embargo, para extraer del modesto pecado una culpa enorme. Su angustia se recrudeció cuando puso la última viga en el centro de convenciones y ya no tuvo pretexto para viajar a Huatulco. Allá era un solista de la vileza. Reintegrado a la familia era un reptil entrometido en un coro de ángeles. Lo que más le decepcionó de sí mismo fue no tener valor para terminar con Clara. En vez de pedirle el divorcio reincidió en las ternezas de utilería. Su falsedad tenía una justificación moral: estaba sacrificándose por las niñas. Las veía montar a caballo en sus clases de equitación y se felicitaba por ser un cobarde. ¿Qué importaba su hastío si ellas eran felices?

El papel de juicioso paterfamilias no lo reconfortó por mucho tiempo. Culpabilizado vivía mal, pero al menos vivía. Con las pasiones en regla era un vegetal intachable. Se emborrachaba por ocio, engordaba a conciencia, Clara ya no le gustaba ni en la penumbra. Cada noche, al volver del trabajo, caía en la cama con la mente en blanco y recorría los veintiocho canales de la parabólica sin decidirse por ninguno, hasta que terminaba roncando con la tele encendida. Su rutina sufrió un colapso la noche que descubrió el programa cómico de Jack Hamilton. Era la típica serie de enredos familiares con chistes anodinos y risas grabadas. Alto, rubio, musculoso, de ojos verdes y tez rubicunda, Hamilton dejaba en el cuarto de maquillaje las turbulencias de su vida privada y en pantalla lucía muy apuesto. Hacía el papel de un padre de familia bonachón, predispuesto por naturaleza a componer tuberías, a podar el césped y a solapar las travesuras de sus dos hijos —la chimuela Nina y el larguirucho Kevin—, que burlaban la vigilancia materna para cometer atrocidades como ir a la pista de hielo en tiempo de exámenes.

Guillermo se vio reflejado en el personaje de Jack: también él era un papá modelo en un hogar anodino, libre de angustias y deseos soterrados. Tocaba fondo en el autoescarnio cuando Clara salió del baño desnuda y se puso el camisón delante del televisor. Al ver sus pechos pecosos recortados contra la pantalla tuvo un capricho perverso. La llamó a la cama con un guiño de picardía y mientras acariciaba su cuerpo anhelante –joven aún, pero que le sabía a pan de antier– pensó en el otro Hamilton, el del *ménage* à *trois* frustrado por los pudores de Sharon. Él no tenía obstáculo para juntarla con la millonaria decadente, a la que su imaginación vistió con la lencería más obscena expuesta en los aparadores de la calle cuarenta y dos. Nina y Kevin llegaban a cenar escondiendo los patines en la chimenea mientras Hamilton distraía a la temible mamá y Guillermo gozaba a sus dos mujeres olvidando a la que tenía entre los brazos, demasiado concreta para arrebatar su imaginación. Le hizo el amor desde lejos, viéndose en los ojos de Jack: en casa cumplía un engorroso deber pero en la cinta de video aullaba de lujuria como un demonio del Bosco.

El capricho se volvió costumbre. *Mad Family* ponía el erotismo y él la voluntad. Clara creía vivir una segunda luna de miel. Ni con toda la suspicacia del mundo hubiera descubierto la relación entre el inocente programa y el óptimo desempeño sexual de su esposo, que nunca terminaba de satisfacer a las putas inasibles de su orgía televisiva. Guillermo había vuelto a sentirse culpable, aunque ya no hacía nada por evitarlo. Estaba ensuciando su matrimonio hasta el último grado de la abyección, dependía tanto de Jack Hamilton que hubiera debido pagarle regalías por cada noche de placer, y sin embargo prolongaba su estancia en el fango, encadenado al vicio de tener la conciencia en llamas.

Una culpa mayor apagó su combustión interna. *Mad Family* salió del aire de un día para otro, suspendida por tiempo indefinido. El noticiario de la cadena rival aclaró el misterio: Jack Hamilton se había pegado un tiro al descubrir que estaba enfermo de sida. En el camerino donde hallaron el cadáver dejó una nota en la que explicaba la causa del suicidio y pedía ser cremado. Al ver su *body bag* en pantalla, Guillermo saltó de la cama y fue a vomitar al baño. No había tomado precauciones al acostarse con Sharon y ella había roto con Jack apenas dos años antes. El mareo persistía a pesar del vómito. Metió la cabeza en el lavabo y con el chorro de agua fría en la nuca entrevió lo peor de todo: no sólo su vida corría peligro, quizá hubiera contagiado a Clara. Se vio al espejo y no se reconoció. Con los labios blancos y las mejillas hundidas parecía un criminal condenado a muerte.

En los días que siguieron consumió fuertes dosis de antidepresivos. Hacia el exterior era el Guillermo de siempre, incluso parecía más alegre que antes, pero caía en frecuentes abandonos y distracciones, aplastado por un dolor que lo expulsaba de la realidad. El miedo a la muerte, siendo atroz, pasaba a segundo plano comparado con el miedo de hacerle daño a terceros. Rehuía los besos de sus hijas para no transmitirles el virus por la saliva y lloraba en sus clases de equitación imaginándolas huérfanas. Apenas hablaba con Clara a la hora del desayuno. Cuando ella se le insinuaba en la cama, molesta por el repentino distanciamiento, la veía transformada en un cadáver tumefacto de película *gore*. Mirando el televisor apagado pensaba en la justicia divina. Dios no podía imponerle un castigo tan severo por su coito con Sharon, que a fin de cuentas había sido un pecado venial. Estaba pagando los coitos por vía satélite, sus asquerosas fantasías de parásito.

Los socios de la constructora le dieron el empujoncito que necesitaba para estallar. Había ido a comer con ellos en un sushi bar de San Ángel, estaba medio borracho y tenía ganas de discutir. Como siempre, se hablaba de negocios. Benito Ampudia comentó que podían ganar el concurso para construir el nuevo hospital de Cardiología, siempre y cuando «se mocharan» con el oficial mayor de Salubridad. En el corazón de Guillermo hubo un cruce de culpas. La trácala que Ampudia proponía le pareció abominable y al exagerar su gravedad amplificó también el mérito de oponerse a ella, como si la honradez pudiera absolverlo de todos sus pecados y curarlo del sida.

—Yo no estoy de acuerdo en darle mordidas a ningún cabrón del gobierno. Mejor vamos a comprar un terreno grande y construimos viviendas populares, aunque ganemos poco. Ya es hora de hacer algo por este pobre país.

Benito y Sergio cruzaron una mirada incrédula.

—¿No quieres que de una vez paguemos la deuda externa? —bromeó Ampudia, y Lavalle le hizo segunda:

—Si quieres que te canonicen, vete de misionero a Biafra, pero ya no sigas chupando, porque al rato le vas a regalar tu coche al mesero.

Hubo más bromas por el estilo, que Guillermo aguantó en silencio; pidieron otra ronda de jaiboles y Benito volvió al asunto del oficial mayor, como si él estuviera pintado:

—Es un cuate buena onda, nada naco; primero me pidió una comisión del quince por ciento pero lo estoy trabajando para que acepte el diez.

—¡Ya te dije que no me gusta dar sobornos! —pegó con el puño sobre la mesa, derribando los vasos—. Prefiero meter mi dinero al banco que hacer ricos a esos hijos de puta.

—Carajo, Memo, entiende en qué país vivimos —replicó Benito—. ¿Tú crees que a mí me fascina tratar con ellos?

Por supuesto que no, pero tengo que hacerlo porque así se mueven las cosas en México.

—Pues en ese caso me largo de la constructora, para dejarte hacer lo que quieras. Cómprame las acciones y listo.

—¿Que te compre qué? ¿Y de dónde voy a sacar el dinero? Te habías comprometido a jalar parejo y ora sales con esta mamada.

De la discusión pasaron a los insultos y Martín tuvo que separarlos cuando los meseros ya empezaban a rodear la mesa.

—No me toques —protestó Guillermo— que tú eres un corrupto igual a él.

Desencajado, pero satisfecho de su rectitud, se despidió con la amenaza de acudir a la revista *Proceso* para denunciarlos por la transa de Huatulco:

—A lo mejor acabo en el tambo, pero ustedes se vienen conmigo.

En el viaje del restorán a su casa pasó de la exaltación a la depresión, de la santa ira a la tristeza profana. La ciudad estaba insoportable, con el tránsito detenido hasta en las vías rápidas y la campana de humo posada en tierra por la baja temperatura. Las miasmas del cielo se filtraban a su garganta como recordándole que no tenía escapatoria: seguía siendo un cerdo contaminante y su acto de valor civil había sido una payasada. Benito y Sergio no eran dos hermanas de la caridad, eran pragmáticos hombres de negocios y él se había enriquecido gracias a ellos, de modo que debía agregar una culpa nueva a su colección: la culpa del bandido que reniega de sus cómplices para darse un baño de pureza.

Clara no estaba en casa porque había ido a su taller de pintura. Mejor para él: se sirvió un whisky en las rocas y echado en el sofá del estudio pensó en el admirable cinismo de Benito. ¡Qué habilidad para esquivar culpas! Había llegado hasta el insulto con tal de no dejarse imponer un criterio moral ajeno. Si él pudiera hacer lo mismo, si tomara las riendas de su carácter y mandara al diablo a todo aquel que lo hiciera sentirse culpable, comenzando por Clara, cambiaría el banquillo de los acusados por el asiento del juez y en vez de darse golpes de pecho asumiría con orgullo su maligno temperamento, sus placeres egoístas, las canalladas y traiciones que había cometido por necesidad vital.

Se entusiasmó tanto con la idea que no quiso esperar a Clara para entrar en acción. Era innecesario tener un pleito con ella, pues había una manera distante de confesarle todo a quemarropa. Fue por la cámara de video a su cuarto, la colocó en la mesa del estudio enfocada hacia un ángulo del sofá, se sirvió otro whisky en las rocas y tras una ridícula peinadita empezó a grabar:

—No vayas a ver este video enfrente de las niñas, voy a decir cosas muy fuertes para ellas. Mira, Clara, desde hace tiempo te he estado mintiendo. Cuando fui a Huatulco te dije que Benito y Martín me habían obligado a supervisar la obra, ¿te acuerdas? Pues era mentira. Yo me ofrecí como voluntario porque ya no aguantaba verte la cara todos los días. Te chiqueaba mucho, pero por dentro me estaba llevando el carajo y quería acostarme con otra mujer. Pues bueno, allá en Huatulco me ligué a una canadiense que se llama Sharon. Tuvimos relaciones y ella me contó que había sido amante de un cómico de televisión. Ese cómico era Jack Hamilton, el sidoso que se mató...

A continuación, sin detenerse a explicar su dependencia erótica de *Mad Family*, expuso el peligro de que los dos estuvieran contagiados de sida y le avisó que viajaría a Houston para hacerse los análisis de sangre. No le gustaba su tono de criminal consternado y terminó con un gesto de altanería:

—Espero no tener nada, pero si acaso estoy infectado te advierto que no voy a sentirme culpable. Tú no sufriste mucho cuando hicimos pendejo a Emilio, ¿verdad? Pues yo tampoco me voy a angustiar por esto, que al fin y al cabo es lo mismo. Adiós, Clara. Cuando regrese voy a ver a mis abogados para los trámites del divorcio. Después de esto no creo que nos podamos aguantar.

Esa noche durmió en el Holliday Inn del aeropuerto y voló a Houston al día siguiente. Iba de tan buen humor que hizo bromas galantes a las sobrecargos y jugó backgammon con su compañero de asiento. Era otro sin la presión agobiante de una conciencia enemiga de sus impulsos. Entró al sanatorio con firme paso de triunfador, sonriendo como los toreros valientes, y la fortuna lo recompensó por su confianza en sí mismo: la prueba sanguínea reveló que no era portador del virus. Invitó a la enfermera que le dio la noticia a cenar con champaña, se la cogió con condón y se quedó tres días más en Houston haciendo compras de euforia. Volvió a México un sábado por la mañana y de inmediato quiso tranquilizar a Clara en lo referente a la enfermedad. En la puerta de su casa se habían apostado dos judiciales que bajaron de un Dart blanco al verlo llegar. Tenían orden de aprehensión contra él.

—¿Pero de qué se me acusa?

—No te hagas pendejo —lo metieron al coche a empujones—. Andas prófugo por lo del fraude a la constructora. Ahora sí ya te llevó la chingada.

No supo cuáles eran los cargos hasta que su abogado lo visitó en los separos de la Procuraduría. Temiendo que los denunciara en el *Proceso*, Benito y Sergio habían montado una trampa legal para culparlo de un desfalco por medio millón de dólares. Las pruebas de la acusación eran documentos bancarios en los que su firma había sido falsificada por una mano experta. El abogado había descubierto que Ampudia no sólo se protegió contra una posible denuncia por cohecho: meses atrás había tomado fondos de la constructora para una desastrosa operación de Bolsa. Y ésa era precisamente la malversación que ahora le achacaba con el mayor descaro. Guillermo contuvo un grito de cólera mordiéndose el puño: quería contratar un gatillero para matar a Benito. El abogado le advirtió que si buscaba a un sicario, abandonaría el caso. Él podía sacarlo de prisión en seis meses, repartiendo mucha lana en los juzgados, pero un homicidio ya eran palabras mayores. No le quedaba otra que tragar camote y tomarse las cosas con filosofía.

La quietud de la celda se prestaba para seguir su consejo. A las siete de la noche cortaban la luz y se quedaba tumbado en el catre oyendo las lejanas pisadas de los celadores. Entonces reñía consigo mismo. Era un estúpido por haberse creído ruin alguna vez. Después de tanto sufrir por culpas insignificantes o imaginarias, terminaba pagando una culpa ajena como Nuestro Señor Jesucristo. Ya eres víctima, estúpido, ¿qué más quieres? Ahora tienes la conciencia como nalga de bebé. Serías muy cretino si después de esto vuelves a mortificarte por algo.

Al tercer día de su traslado al Reclusorio Norte, cuando ya creía tener el alma blindada, le tocó hacer la fajina de baños. Vio los charcos de orina, las montañas de mierda en los excusados, las moscas revoloteando en los basureros y se volvió hacia el vigilante con una súplica en la mirada.

—¿Qué, muy delicadito? Pues si no quieres atorarle te sale en un tostón.

Pagó la mordida sin titubear.

—¿Y ahora quién va a hacer la limpieza?

—Por eso no te preocupes —el vigilante se guardó el billete—, aquí sobran jodidos que no tienen para la cuota.

Guillermo volvió a su celda con el estómago revuelto. Se había despertado la regañona de siempre.

La noche ajena

Nuestra esclavitud se fundaba en una idea piadosa. Papá creía que la infelicidad nace del contraste con el bien ajeno, y para evitarle a mi hermano Arturo, ciego de nacimiento, la aflicción de sentirse inferior a nosostros, decidió crear en torno suyo una penumbra artificial, un apacible caparazón de mentiras. Mientras ignorara su desventaja y creyera que la oscuridad formaba parte de la condición humana, sería inmune a las amarguras de la ceguera consciente. Como todas las ideas funestas, la de mi padre tenía el respaldo intelectual de un clásico. Se le ocurrió leyendo a Montaigne: «Los ciegos de nacimiento —dice en alguna parte de *Los ensayos*— saben por nosotros que carecen de algo deseable, algo a lo que llaman bien, mas no por ello saben qué es, ni podrían concebirlo sin nuestra ayuda». De ahí se desprendía que si Arturo no lograba concebir el don de la vista por falta de noticias visuales, tampoco lloraría la carencia del bien.

Su experimento involucró a toda la familia en una obstinada tarea de ilusionismo. Desde que Arturo empezó a tener conciencia de sus actos, nos impuso en el trato con él un lenguaje anochecido en el que los colores, los verbos cómplices del ojo, los calificativos ligados a la visión y hasta los demostrativos eran palabras tabú. No podíamos decir verde o blanco, tampoco éste o aquél, ni referimos a otras cualidades físicas o estéticas que no fueran perceptibles por medio del tacto, el oído, el olfato o el gusto. La cortina verbal nos obligaba a realizar complejos malabarismos de estilo: un simple «estoy aquí requería del más detallado emplazamiento geográfico (estoy a cuatro pasos de tu cama, entre la puerta y el clóset), el atardecer era un enfriamiento del día, la noche conservó su nombre, pero convertido en sinónimo del sueño, lo que nos impedía mencionar actividades nocturnas, y para no entrar en explicaciones delatoras sobre la función de las ventanas, preferimos llamarlas «paredes de vidrio». Todo con tal de que Arturo no conociera la luz de oídas.

Sintiéndose culpable por haber engendrado a un ciego, mi padre aplacaba sus remordimientos con el sacrificio de engañarlo. Para él y para mamá la comedia era una especie de penitencia: estaban reparando el daño que le hicieron trayéndolo al mundo. Yo no me sentía culpable de nada, pero colaboraba en la benévola engañifa por un equívoco sentido del deber, aceptando el oprobio como parte de mi destino. Lo de menos era observar (utilizo el verbo como desahogo) las minuciosas precauciones lingüísticas: el diario entrenamiento me acostumbró a ennegrecer la conversación hasta el punto de tener dificultades para colorearla fuera del calabozo doméstico. Lo más injusto y desesperante, lo que a la postre me condujo a la rebelión y al odio, fue tener que pasar por ciego en todos los órdenes de la vida. Crecí arrinconado en una cámara oscura, temeroso de cometer un descuido fatal en presencia de Arturo. Fui su lazarillo, peor aún, pues un lazarillo sabe por dónde anda, y yo debía caminar a tientas, perder el rumbo, chocar de vez en cuando con los muebles de la casa para no inquietarlo con mi excesiva destreza de movimientos.

Entre los siete y los catorce años tomé clases con maestros particulares, porque de haber ido a la escuela también Arturo hubiera querido hacerlo, y no se le podía negar el capricho sin darle indicios de su hándicap incurable. Para colmo tuve que aprender Braille, pues Arturo tenía ojos en las yemas de los dedos y me hubiera creído analfabeto si no leía con las manos las novelas de Verne y Salgari que papá se afanaba en traducir a nuestro dialecto incoloro, ensombreciendo paisajes y mutilando aventuras. Añádase a esto, para completar el cuadro de una infancia martirizada, el yugo de no escuchar sino música instrumental, la prohibición de ver tele, el impedimento de llevar amigos a la casa, la vergüenza de fingir que yo también necesitaba un perro guía para salir a la calle.

Mis protestas, moderadas al principio, coléricas a medida que iba entrando en la adolescencia, se estrellaban invariablemente en un muro de incomprensión. A mi padre le parecía monstruoso que yo exigiera diversiones frívolas teniendo la compensación de la vista. «Piensa en tu hermano, carajo. Él cambiaría su vida por la tuya si supiera que puedes ver». En eso quizá tenía razón. Lo dudoso era que Arturo, puesto en mi lugar, se anulara como persona para no lastimar al hermanito ciego. Su doble antifaz lo mantenía a salvo de predicamentos morales, pero si hubiera tenido que elegir entre su bien y mi desgracia, tal vez había tomado una decisión tan canallesca y egoísta como la mía.

El santo sin tentaciones era libre hasta donde se puede serlo en las tinieblas, mientras que yo, víctima sin mérito, pagaba el privilegio de la vista con renunciamientos atroces. ¿De qué me servían los ojos en medio de un apagón existencial como el nuestro? Mártires del efecto, sólo teníamos vida exterior, como personajes de una radionovela que hubiera podido titularse *Quietud en la sombra*. La rutina familiar se componía de situaciones prefabricadas para lucimiento de Arturo. Actuábamos como idiotas para darle confianza y seguridad en sí mismo. Un ejemplo entre mil: todas las tardes mamá rompía una taza o se quemaba con el agua hirviente al servir el café, y como su obsesión por el realismo rayaba en la locura, lo endulzaba con vomitivas cucharadas de sal.

—¡Te he dicho hasta el cansancio que pruebes el azúcar para no confundirte! —vociferaba papá, escupiendo el brebaje y entonces Arturo, con un dejo de superioridad, se ofrecía comedidamente a servirlo de nuevo, tarea que desempeñaba a la perfección.

Mi papel en la terapia consistía en depender de Arturo como si el minusválido fuera yo. Tenía que pedirle ayuda para cruzar la calle, hacerme el encontradizo cuando jugábamos a las escondidas y fingirme incapaz de percibir con el tacto la diferencia entre su ropa y la mía. Por descuidar esos deberes de buen hermano recibí castigos y palizas que todavía no perdono. Humillado, comparaba la pobre opinión que Arturo tenía de mí con su robusta autoestima, tan falsa como todas las ideas de su mundo subjetivo, pero convertida en dogma inapelable de nuestra ficción cotidiana. Sin duda se creía un superdotado, o por lo menos, el niño prodigio de la casa. Quizá yo fuera una carga para él, un estorbo digno de lástima, y lo seguiría siendo mientras jugáramos a la gallina ciega. De sujeto piadoso había pasado a ser objeto de piedad. El siguiente paso hubiera sido perder el orgullo hasta reptar como insecto. Noche tras noche Caín me susurraba un consejo al oído: si quería independizarme de Arturo, si me quería lo suficiente para militar en las filas del mal, necesitaba desengañarlo con un golpe maestro que al mismo tiempo le abriera y cerrara los ojos.

La mañana de un domingo, aprovechando que mis padres habían ido a misa, interrumpí su lectura de Salgari con un comentario insidioso:

—Tengo un regalo para ti, hermanito. ¿Quieres verlo?

—¿Verlo? ¿Qué es ver?

—En eso consiste el regalo. Yo veo, mamá y papá ven, todos podemos ver menos tú. ¿Sabes para qué sirven estas bolas? —Tomé su mano y la dirigí a sus ojos—. No son bolsitas de lágrimas, eso te lo dijimos por compasión. Se llaman ojos y por ellos entra la luz del mundo. Tú naciste ciego y por eso no te sirven de nada.

—¿Ciego? ¿De qué me estás hablando?

—De algo que te hemos ocultado toda la vida, pero que ya estás grandecito para saber. Un ciego es una persona enferma de los ojos, y tú lo eres de nacimiento, por eso nunca viste ni verás la luz. Estás condenado a la oscuridad, Arturo, pero nosotros vivimos en un mundo iluminado, mucho más hermoso que el tuyo.

—Mentira, tú no eres nada del otro mundo. Y ya deja de fregar si no quieres que te acuse con mi papá.

—Estás poniéndote rojo —solté una risita malévola.

—¿Rojo? ¿De dónde sacas tantas palabras raras?

—Rojo es el color de las manzanas, el color del crepúsculo y el color de la rabia. Los colores sirven para distinguir las cosas sin tener que tocarlas. Tus ojos tienen color, pero no puedes verlo. Es un color idéntico al del café que preparas todas las tardes, cuando mamá se hace la ciega para que te creas muy chingón.

—Cállate, imbécil. Yo le ayudo porque la pobre no puede...

—¡Claro que puede! ¡Todos podemos servir el café mejor que tú! ¡Todos podemos cruzar la calle sin ayuda! Nosotros vemos, Arturo, vemos; en cambio tú eres un bulto inútil, un pedazo de carne percudida. ¿Te acuerdas de Imelda, la niñera sorda que te hacía repetir todo cincuenta veces? Pues tú eres igual, sólo que en vez del oído te falla la vista.

—Yo no estoy sordo, oigo mil veces mejor que tú.

—Pero estás sordo de los ojos. Te falta un sentido, una ventana maravillosa. ¿No puedes entenderlo, imbécil? Imagínate que hay una fiesta en casa de los vecinos y tú no lo sabes porque no te invitaron. ¿Dirías que no hubo fiesta sólo porque no estuviste ahí? ¿Verdad que no? Pues lo mismo pasa con los ojos y los colores. Dios no te invitó a nuestra fiesta, pero la celebramos con o sin tu permiso.

—Estás inventándolo todo porque me tienes envidia —sollozó—, me tienes envidia porque mis papás me quieren más que a ti.

—¡Cómo voy a envidiarte, cretino, si estoy viéndote y tú no me puedes ver! Dime ¿dónde estoy ahora? —corrí a colocarme tras él y le di un piquete de culo—. Estoy atrás de ti, cieguito. Ahora ya me cambié de lugar, tengo un libro en la mano y voy a tirarlo por la ventana. ¿Viste cómo lo tiré, sordo de los ojos? Ahora estás poniéndote verde. Verde es otro color, el color de las plantas y el color de la envidia. ¿No será que el envidioso eres tú?

Arturo me atacó por sorpresa y caímos al suelo desgarrándonos las camisas. Hubo un rápido intercambio de golpes, insultos y escupitajos, en el que yo saqué la mejor parte, no tanto por tener el arma de la vista, sino porque mi odio era superior al suyo. Lo tenía casi noqueado cuando se abrió la puerta de la casa y mamá lanzó un grito de pánico. Alcancé a murmurar una disculpa tonta (yo no tenía la culpa, él había empezado el pleito) antes de recibir la primera serie de bofetadas. Mi padre amenazó con sacarme los ojos para que luchara con Arturo en igualdad de circunstancias. Echaba espuma por la boca, pero cuando supo cuál había sido el motivo de la pelea, adoptó la expresión triste y sombría de un predicador vencido por el pecado. Yo era un criminal en potencia, tenía estiércol en el cerebro y no podía seguir viviendo en la casa.

Resolvió internarme en el Colegio Militar, castigo que tomé como una liberación. A cambio de vivir con los ojos abiertos, no me importaba marchar de madrugada ni obedecer como autómata las órdenes de un sargento. La disciplina cuartelaria tenía recompensas maravillosas: ejercité la vista en las prácticas de tiro, escribí una exaltada composición a los colores de la bandera y gocé como niño con juguete nuevo retando a mis compañeros a leer desde lejos el periódico mural del colegio. Poco me duraron las vacaciones. A los quince días de borrachera visual, mamá vino a traerme noticias de Arturo.

Mi golpe había fallado. A pesar de la maligna revelación, distaba mucho de asumirse como ciego. La experiencia de toda una vida pesaba más en su juicio que la desacreditada fantasía de un hermano resentido y cruel. Simplemente no podía entender el concepto luz, ni aceptar la existencia de una dimensión fabulosa, vacía de significado por falta de nexos con su realidad. Mi alegato sobre la función de los ojos, formulado en un lenguaje que hasta entonces Arturo ignoraba, lo había confundido sin atormentarlo. Para desenredar la maraña de enigmas hubiera necesitado familiarizarse con el léxico visual que yo le había lanzado de sopetón, y como se lo dije todo de mala fe, sin el apoyo de testigos neutrales –papá y mamá se apresuraron a desmentirme–, la verdad inasible apenas había rasgado su muralla de humo. Seguía ileso y feliz, tan ileso y feliz que ni siquiera me guardaba rencor. En un gesto fraternal había pedido a mis padres que me dejaran volver a casa. Ellos no creían que yo me mereciera una segunda oportunidad, pero me la darían a condición de que le pidiera excusas, abjurara de la infame patraña y nunca más lo llamara ciego.

Fingí aceptar el trato por conveniencia táctica. Lejos de Arturo estaba lejos de la venganza. Tenía que acecharlo de cerca, envolverlo en una red de cariño y esperar el momento más oportuno para darle a beber el suero de la verdad. Si no era cínico además de ciego, esta vez le demostraría su expulsión del paraíso con pruebas irrefutables.

Devuelto al redil, me desdije punto por punto de la infame patraña delante de mis papás y nos reconciliamos en una escena cursi que Arturo perfeccionó poniendo a trabajar sus bolsitas de lágrimas. La concordia familiar se restableció y me sumergí en la noche de todos los días como si mi exabrupto hubiera sido un pasajero eclipse de claridad. Evité la sobreactuación para no despertar sospechas. Me bastaba un ocho en conducta: el diez habría sido contraproducente. Derrochando sencillez y naturalidad fui venciendo el recelo de mis padres hasta lograr que se confiaran lo necesario para dejarme a solas con el enemigo. Entonces le apliqué la prueba del fuego. Esparcí velas encendidas en su recámara, en la cocina, en el excusado y en la biblioteca. El primer grito me sonó como un clarín de victoria. Lo dejé quemarse varias veces antes de acudir en su auxilio.

—¿Pues qué no ves por dónde andas? Tuve que poner velas porque se fue la luz.

—¿Vas a empezar otra vez? —se chupó un dedo quemado—. ¿No te bastó con lo del otro día?

—Claro que no, idiota. Esta vez voy a demostrarte que yo sí puedo ver y tú no. El fuego quema pero también alumbra, es algo así como una lengua brillante. Yo no me quemo porque lo veo, pero tú no lo descubres hasta sentir el ardor. ¿Quieres otra calentadita? —lo acorralé contra la pared prendiendo y apagando un encendedor—. ¿Ahora sí vas a reconocer que tienes los ojos muertos? —le quemé las mejillas y el pelo—. De aquí no me muevo hasta que lo admitas. A ver, repite conmigo: soy un pobre ciego, soy un pobre ciego...

—¡Soy un pobre ciego, pero tú eres un pobre imbécil! —sacó del pecho una voz de trueno—. ¿Te crees muy listo, verdad? Pues me la pelas con todo y ojos. Yo no veo, pero deduzco, algo que tú nunca podrás hacer con tu cerebro de hormiga. Yo soy el que los ha engañado todo el tiempo. Siempre supe que algo me faltaba, que ustedes eran diferentes a mí. Lo noté desde niño, cuando se descuidaban al hablar o me daban explicaciones absurdas. La de los coches, por ejemplo. Si eran máquinas dirigidas a control remoto, ¿entonces por qué tenían volante? La noche no se puede tapar con un dedo. Ponían tanto cuidado en elegir sus palabras, tanta atención en los detalles, que por cada fulgor apagado dejaban abierto un tragaluz enorme. Les oía decir claro que sí o claro que no y pensaba: claro quiere decir por supuesto, pero en un lapsus mamá dejaba escapar la frase «está más claro que el agua», y era como si la palabra diera un salto mortal para caer en el mundo que me ocultaban. Con esos indicios fui llenando lagunas y atando cabos. El misterio de las cortinas me llevó a deducir la existencia del sol; por analogía con los olores presentí la gama cromática; de ahí pasé a resolver el enigma del ojo, hasta que terminé de armar el rompecabezas. A ti sólo te debo la palabra ciego, muchas gracias, pero el significado lo conozco mejor que tú.

—¿Y entonces por qué te callabas? ¿Para jodernos la vida, cabrón?

—Me callaba y me seguiré callando por gratitud. Papá y mamá se han partido el alma para sostener su pantalla con alfileres. No puedo traicionarlos después de todo lo que han hecho por mí. Son felices creyendo que no sufro. Sería un canalla si les quitara su principal razón de vivir. Eso está bien para ti, que tienes el alma podrida, pero yo sí me tiento el corazón para lastimar a la gente. Nunca les diré la verdad, y si vas con el chisme te advierto que voy a negarlo todo. Nuestra ilusión vale más que tu franqueza. Lárgate o acepta las reglas del juego, pero no te quedes a medias tintas. Aquí vamos a estar ciegos toda la vida.

Oí las tortuosas razones de Arturo con una mezcla de náusea y perplejidad. Hasta entonces ignoraba que la hipocresía pudiera estar al servicio de una causa noble. Su defensa de la mentira como baluarte del amor filial era una transposición de la ceguera al plano de los afectos. Atado a mis padres con un zurcido emocional invisible, debía respetar el pacto de anestesia mutua que le impusieron al sacrificarse por él. Yo hubiera podido romperlo y desgarrarles el alma porque había grabado la confesión de Arturo. No me contuvo el miedo a provocar una tragedia, sino el refinamiento sádico. Las verdades hieren, pero a la larga quitan un peso de encima ¿no era más cruel dejarlos protegerse hasta que reventaran de compasión? Eso podía conseguirlo sin meter las manos, largándome de la casa como Arturo quería.

Desde hace veinte años no les he visto el pelo. Vendo enciclopedias, rehúyo el matrimonio, vivo solo con mi luz. Quisiera creer que desde lejos les he administrado un veneno lento. Pero no estoy seguro: lo que para mí es un veneno para ellos es un sedante, y aunque la insensibilidad no sea precisamente un bien, tampoco es el mal que les deseo. Sería mucho pedir que a estas alturas odiaran la noche ajena y estuvieran pensando en matarse. ¿Extrañarán el dolor o se habrán fundido ya en un compacto bloque de piedra? Me conformo con que un día, en el pináculo de la santidad, cuando la esclerosis les conceda un relámpago de egoísmo lúcido, comprendan que se murieron en vida por no ejercer el derecho de hacerse daño.

La gloria de la repetición

a Huberto Batis

Por el espejo retrovisor del insomnio me veo quince años más joven, quince años más tenso, quince años más inseguro, tomando una copa con Mariana en el Barón Rojo. No sé por qué la traje aquí. Me siento fuera de lugar entre los oficinistas que celebran el fin de quincena con una euforia de enanos mentales. Mariana, en cambio, comparte su artificial regocijo. Pide boleros a gritos y acompaña con las palmas al cantante que los alterna con los éxitos del momento, brindando con su auditorio al final de cada canción.

Mientras ella se divierte yo hago sumas y restas. No puedo gastar un peso más en bebida, estoy malgastando el dinero que tenía reservado para el hotel. Mariana se me ha insinuado toda la noche, viene dispuesta a capitular. Debería fingir un dolor de cabeza y largarme de aquí enseguida, pero en vez de obedecer a mi primer impulso llamo al mesero y le pido una cuba. No soy alcohólico: soy cobarde. Temo resultar un chasco en la cama si Mariana me concede la suprema oportunidad. He fallado por impotencia nerviosa en mis dos primeros encuentros con prostitutas y mi orgullo lastimado no quiere más golpes. Tengo toda la vida para perder la virginidad. Mañana mismo, en mejores condiciones físicas y mentales, podré sacarme la espina sin el riesgo de hacer otro papelón.

Cuando el cantante nos da una tregua, Mariana me plantea un dilema crucial en su vida: lleva dos años ahorrando para cambiar de coche y ahora que ya tiene reunido el dinero no sabe si pagar el enganche o inscribirse a una escuela de paracaidismo.

—No seas malo, dime qué hago. Con el Datsun ya me da pena salir porque se cae de viejo. El otro día me dejó tirada en pleno Circuito Interior. Pero con tal de volar no me importaría andar en burro. Desde que leí *Juan Salvador Gaviota* me muero por saber qué se siente. Y como el instructor es mi cuate me va a prestar el equipo. ¿Tú en mi lugar qué harías?

—Ninguna de las dos cosas. Con esa lana me iría a vivir a un departamento. ¿No te gustaría tener libertad para hacer lo que se te antoje?

—Pues no sé. Libertad tengo de sobra en mi casa. ¿Y luego qué haría yo viviendo sola?

—No ibas a estar sola. Yo viviría contigo, pagando la mitad de los gastos.

Se queda pensativa, imaginando quizá nuestra vida en común. Con un beso impaciente le reitero que mi oferta va en serio. Ella no está convencida, pero sí halagada, y aprieta su rodilla contra la mía. Para variar tengo una erección inoportuna. ¿Por qué seré tan macho cuando estoy vestido? La ironía es doblemente cruel, pues en ese momento llega el mesero con el trago de mi valerosa cura en salud. El primer sorbo me quita de los labios el sabor de Mariana.

—¿Entonces qué? —le pregunto sin despegar los ojos del vaso.

—¿Te lanzas a poner el departamento?

—¿Cómo crees? No puedo tronar con mi familia nomás porque sí.

—La familia es una cárcel. ¿A poco te gusta que tus papás no te dejen viajar sola ni a Cuernavaca?

—No me dejan porque se preocupan por mí. ¿Qué tal si me pasa algo?

—¿Y qué tal si nunca te pasa nada? ¿Qué tal si te portas bien toda la vida y acabas como ellos, viendo televisión veintiséis horas diarias?

—Mis papás no son así. Tú ni siquiera conoces a mi familia.

—No hablo de tu familia, hablo de la familia en general: de la tuya, de la mía y de cualquier otra. La familia como institución está condenada a muerte. Nació con la propiedad privada, para que los primeros explotadores de la historia pudieran heredar a sus hijos la tierra que le habían quitado a la tribu. ¿No conoces a Engels? —Mariana me ve con fastidio—. Pues deberías ir corriendo a leerlo. Cualquier libro suyo es mejor que tu *Juan Salvador Gaviota*.

Si por mí fuera seguiría adoctrinándola toda la noche, pero el cantante vuelve al micrófono y me corta la inspiración. Tal vez peco de ingenuo por querer politizar a Mariana. ¿Para qué carajos le explico el origen de la familia si ya piensa desde ahora en los nombres de sus hijos y está feliz con su abyecta moral de clasemediera? Pensando en mis impedimentos para quererla, y en el hecho preocupante de que sólo haya tratado a mujeres como ella, se me olvida que si tuviera huevos ya deberíamos estar en la cama.

Gasto en alcohol hasta mi último centavo y al terminar la variedad salimos del bar. Mariana me ha perdonado el rollo marxista (debo gustarle mucho para que lo olvidara tan pronto) y se aprieta contra mi cuerpo como si no existiera entre los dos una barrera ideológica. Preferiría llevarla directamente a su casa, pero sé que ella espera algo más. Caminamos abrazados por la callejuela de Chimalistac donde estacioné mi carro. Es un Volkswagen abollado, mugroso y tuerto de un fanal. Su aspecto miserable no me avergüenza: me avergüenza que sea regalo de papi. Quizá lo he chocado inconscientemente para esconder bajo su ruina mi culpa social.

Como era de temerse, Mariana me acorrala en el asiento cuando subimos al coche. Sus besos en el oído son una promesa de obscenidades mayores. Nos trenzamos en un faje vulgar y precipitado. Para mostrarme audaz (por ningún motivo debe notar que le tengo miedo) empiezo a desabotonar lentamente su blusa, pero ella tiene un arranque de pudor y me retira la mano.

—Aquí no, espérate —se compone el pelo—. Estamos a media cuadra de Insurgentes. ¿Por qué mejor no vamos a otro lado?

—Deberíamos ir a un hotel, pero ya me troné todo el billete. ¿No me podrías prestar algo?

Mientras ella inspecciona su bolso trago saliva como un jugador de póker que teme ser descubierto en el blof.

—Sólo traigo veinte pesos. ¿Tú crees que alcance?

—Ni para un hotelucho en Garibaldi —finjo contrariedad—. Esto nunca nos hubiera pasado en Cuba. Allá los hoteles de paso son gratis.

—¿Y ahora qué hacemos? —ella no se da por vencida.

—Si quieres te puedo raptar.

—¿Raptar a dónde?

—Al bosque donde Caperucita se comió al lobo.

Arranco sin esperar la aprobación de Mariana y sintonizo La Pantera de la Juventud, empalagado con la melcocha romántica del Barón Rojo.

Make me feel I'm real,
make me feel I'm real,
youuuu make me feel I'm reeeeal...

El sonsonete juguetón me pone de buen humor. Aunque ya comienzo a odiar la rola después de oírla un millón de veces, tamborileo con los dedos en el volante porque lo repetitivo ejerce un poder hipnótico sobre mí. En avenida Revolución me paso el semáforo a valor mexicano. Por poquito nos estampamos contra un autobús, pero ¿qué importa, si soy joven y la muerte se me resbala? Dejo atrás las eses del Pedregal y tomo el camino al Ajusco bailando en mi asiento. Mariana fuma en silencio. Parece dudar de mi buena fe.

—¿Adónde vamos?

—Al mejor hotel de México, ya verás.

Mi coche no puede salir a carretera. El único faro encendido ilumina las nubes y las copas de los árboles, pero deja el camino a oscuras. Mariana me lo hace notar, inquieta. Para no alarmarla tomo la primera desviación que me sale al paso, donde termina el cinturón de miseria y comienza el bosque. Nos internamos por un estrecho camino de grava hasta encontrar una loma con vista al firmamento urbano. Huele a juncias, el canto de los grillos endulza el aire, no se ve un alma en cien metros a la redonda.

—¿Verdad que es mejor que un hotel?

Momentos después, el coche ya tiene las ventanas cubiertas de vaho, como una olla de presión a punto de reventar. Para mayor comodidad nos hemos pasado al asiento trasero. Mariana atesora mis dedos en su entrepierna. Milagrosamente no estoy nervioso ni me anticipo al deseo con el pensamiento. Era la vigilancia neurótica de mi cuerpo lo que me reducía a la impotencia. Ahora no me puedo observar desde afuera porque mi voluntad ha cedido su trono a la voluntad creadora del mundo. Mariana gime transfigurada como una médium y creo que ha llegado la hora de mi deshielo, que voy a pasar a mejor vida. Toco su pubis con la punta de la verga, buscando por dónde entrar. Ella me ofrece una mano auxiliadora, servicial, angélica, una mano de lazarillo para el ciego que tiene sed. Parece que ya encontré la puerta, parece que voy a despedirme para siempre de mi estúpida adolescencia. Parece también —¿o estoy soñando?— que alguien da golpes en la ventana y me apunta con una linterna.

—¡Sálganse de ahi, que esto es propiedad federal!

Afuera hay cuatro miembros del H. Cuerpo de Granaderos. ¿De dónde carajos habrán salido? Me demoro en bajar del coche para darle tiempo de vestirse a Mariana. Al salir todavía no se me baja la protuberancia del pantalón y trato de ocultarla cruzando las piernas. Un indio que lleva un jorongo sobre el uniforme azul y parece el jefe de los demás me ordena separar los pies y apoyar las manos en el techo del automóvil. Tiene el rostro picado de viruelas, cabellos de puercoespín, labios hundidos, mirada amarga.

Olfateo su aliento cervecero cuando me pasa a la báscula: sin duda quiere lana para seguirla.

—Su licencia y su tarjeta de circulación.

Abro la guantera encañonado por los granaderos, que me dan trato de criminal peligroso. Debería protestar por su innecesaria ostentación de fuerza, pero la experiencia me ha enseñado que en estos casos funciona mejor una explicación comedida:

—No estábamos cometiendo ningún delito, señor oficial. Ella es mi novia y nos paramos un rato a ver las luces de la ciudad.

El señor oficial no se digna responderme, ocupado en revisar los papeles con su linterna. Después de un minucioso examen se los mete al jorongo y comprendo que ya me chingué.

—Me van a tener que acompañar a la delegación usted y la señorita.

—Ah caray, ¿pues qué hicimos? Le digo que nomás vinimos al mirador.

—No se quiera pasar de vivo, joven. Clarito vi que estaban cohabitando en el coche.

—¡Cohabitando no! —Mariana baja del coche indignada—. Sólo nos dimos un beso. ¿Cómo íbamos a cohabitar con la ropa puesta?

El desmentido es tan vehemente que el interpelado se lo toma como una ofensa personal. Desde su posición de poder no puede permitir que nadie lo contradiga.

—Aquí la señorita dice que le estoy levantando falsos —advierte a sus compañeros—, pero ustedes son testigos de que ella y el joven cometieron faltas a la moral. Ahorita en la delegación vamos a ver quién está diciendo mentiras.

A una seña suya dos granaderos me toman por las axilas, empujándome hacia un jeep estacionado en la carretera (de ahí se vinieron a pie —deduzco— para caernos encima sin hacer ruido). Con el rabillo del ojo veo sollozar a Mariana. El del jorongo la lleva del brazo con evidente satisfacción. Es la ninfa inalcanzable de sus masturbaciones mentales, y ahora que la tiene a tiro se pone severo para humillarla. Ruego a mis custodios me lleven con él y le pido clemencia en voz baja, para que Mariana quede al margen de la discusión:

—Mire, comandante, aquí entre nos le voy a decir la verdad. Usted tiene razón, sí estábamos cohabitando, pero la señorita no puede reconocerlo delante de ustedes. Mejor vamos a ponemos de acuerdo y ahí muere, ¿no?

Le ofrezco mi reloj digital, otro molesto regalo de papi, asegurándole que vale seiscientos pesos. Una mordida espléndida, pero no lo suficiente para indemnizarlo por la reclamación de Mariana, que al parecer le caló muy hondo.

—La cohabitación en áreas públicas se castiga con cinco mil pesos de multa o treinta y seis horas de arresto. Mejor búsquese bien en las bolsas, güero. Allá en la delegación a lo mejor le faltan al respeto a la señorita y luego qué cuentas le va a dar a sus familiares.

Inútilmente le propongo ir por dinero a mi casa. No puede salirse de su zona —arguye— y luego quién le asegura que yo salga de mi casa con el dinero. Me hago el desconsolado, el contrito, el inerme ante su poder, buscando ablandar al cacique autoritario que lleva dentro. Al cabo de media hora acepta el reloj. En realidad no quería más dinero: quería unos minutos de predominio. Me devuelve los papeles con desagrado, como si yo no mereciera tanta piedad, y llama a Mariana para despedirse con una exhortación cívica:

—Les voy a dar chance por esta vez, pero ya no se anden metiendo en broncas. Para cohabitar están los hoteles. Ahí es más cómodo y más seguro, ¿no cree, señorita?

Gracias a Dios, Mariana ya escarmentó y se abstiene de alegar inocencia. En el viaje de vuelta no cruzamos palabra, ella resentida por el trato de puta que le dio el policía, yo disgustado por su estúpida intervención. Cuando nos despedimos temo que no volveré a verla. Y si alguna vez piensa en mí lo hará con rencor, como si le hubiera pegado una enfermedad venérea.

Me voy a la cama con el corazón encogido. Amanece para todos menos para mí, que veo salir al sol en el banquillo de los acusados. Sin lugar a dudas yo tuve la culpa del apañón —reconozco—, por haber elegido un sucedáneo automotriz de la alcoba. ¡Cohabitar yo! Qué más quisiera. Por temor al ridículo caí en la celada que se ponen a sí mismos todos los cobardes. ¡Qué amor propio tan delicado! ¡Qué hipersensible falta de hombría! Recuerdo con rabia la entrega incondicional de Mariana y en un juramento de almohada me comprometo a ser un kamikaze del sexo, a fallar si es preciso en diez turnos al bat, aunque mi fama de impotente se propague por todo el globo terráqueo. Basta ya de cautelas y titubeos: no puedo llegar virgen a los veinte años.

Al día siguiente despierto crudo y con un dolor de cabeza que atribuyo al ron matarratas del Barón Rojo. Vencido por *La Madre* de Gorki, que no se deja leer entre bostezos y cabeceos, me resigno a ver la tele con mis hermanos. Rubén y Genaro no beben tanto como yo, ni leen tanto como yo, ni sueñan como yo con hacer una vida independiente de la familia. Toda la tarde han jugado luchitas de litera a litera —zapes, cojinazos, piquetes en las costillas— y ahora duermen arrullados por la dulce retórica de Ángel Femández:

—Avanza Pierna Fuerte por la entreala derecha, servicio lateral adonde aparece como tromba huracanada Fernando Bustos, ahí lo tienen en una postal para sus admiradoras. Bustos gana la espalda a Mejía Barón, se quita al capitán Sanabria en una gambeta de sexto año, manda el centro en diagonal y ¡goooool, gooool de Horacio López Salgado! Disfrútelo una vez más con la gloria de la repetición. Fernando hizo toda la faena: el desborde, la serenidad en el área, el toque diagonal y Horacio no perdonó. ¡Gol de la Máquina Azul!

Ni el gol más estruendoso del siglo perturbaría el sueño plomizo de mis hermanos. Parece que los amamantaron con éter y cloroformo. Su poltronería es otra de las cosas que no compartimos. Yo nunca duermo la siesta. Es una señal de aburrimiento, y si de algo me precio desde que soy un lector compulsivo es de no aburrirme jamás. Oyéndolos roncar a media tarde mi vitalidad se exaspera. A su edad ya deberían tener otras inquietudes. Aplastados en la cama ven correr los días y los años como enfermos incurables que ya no esperan mucho de la existencia. Si hubiera un asilo para jóvenes, los mandaría encerrar con todo y televisor.

Huyo a mi cuarto, el de la azotea, adonde tuve que mudarme para tener un reducto de soledad. Era una cuestión de supervivencia: durmiendo con mis hermanos me sentía en un reformatorio. Genaro se masturbaba noche tras noche —me deprimía escuchar sus jadeos en la oscuridad— y tenía feroces pleitos con Rubén, que se empeñaba en ver la tele hasta el último noticiero, aunque yo necesitara madrugar al día siguiente. Mi celda monacal es tan miserable que a veces me hace llorar de autocompasión. Huele a humedad añeja, el espejo del armario está roto, las cortinas deshilachadas, no tengo siquiera un radio y el único adorno de la pared es un póster de Lenin. Pero la miseria me infunde orgullo —el orgullo de los marginados por voluntad propia—, y en vez de limpiar las telarañas del techo, las dejo crecer en un gesto de soberbia pueril. Echado en la cama pienso en mi primera y única novia, que me dejó por un profesor treintañero. Antes la recordaba con un dolor voluptuoso, el mismo que me producían las canciones de Roberto Carlos, pero ese placer masoquista ya me aburre y ahora cifro en los amores de mañana —efímeros o pasionales, me da igual— mi esperanza de vivir algo más intenso que una tragedia de nevería.

Soñando con ese futuro colmado de proezas sexuales caigo en un sopor mitad melancólico, mitad cachondo, del que me saca el timbre. Debe ser la primera visita del sábado. Soy distinto a mis hermanos en casi todo, menos en la alegría irracional que me produce la llegada de cualquier amigo de la familia, sea o no de mis preferidos. Bajo precipitadamente por la escalera de servicio, pero Genaro corre más aprisa por la principal y se me adelanta a abrir (detrás de él viene Rubén y enseguida mi madre, a paso lento, para disimular su avidez de saber quién llegó). Es Pablo Fonseca. Una visita poco estimada, indigna del alboroto que ha suscitado, pero necesaria por su efecto psicológico sobre la familia: ya tenemos un eje de rotación.

Sorprendido por el jubiloso recibimiento, Pablo besa a mi madre y saluda a mis hermanos, que todavía no se limpian las lagañas de su larga siesta. Yo lo acompaño a la cocina, donde hace la parada obligatoria para servirse un trago.

—Hasta que por fin te encuentro —me da una fuerte palmada en el hombro—. Siempre que vengo me dicen lo mismo: que te fuiste con tus amigos los putos. ¿Ya les diste las nalgas?

—Ni que fuera un degenerado. A mí sólo me gusta mamar. Es más rico y no duele.

Pablo se desternilla de risa. Mi chiste lo divierte por mecánico y previsible. Cada vez que —entre burlas y veras— me tacha de maricón, le reviro con la misma broma confesional. Se quedó estancado en el humor de las caricaturas. Una situación empieza a gustarle cuando se repite por quinta vez, como los fracasos del coyote perseguidor del Correcaminos. Éramos amigos en la prepa, cuando en mi búsqueda frenética de aceptación social me rodeaba de idiotas para sentirme parte de un grupo. Le soplaba en los exámenes, íbamos juntos al billar y al boliche, se hizo amigo de mis hermanos de tanto venir a mi casa, pero evito su compañía —y eso es lo que no me perdona— desde que entré a trabajar en la agencia de publicidad donde conocí a «mis amigos los putos». Con ellos no se repite nada, salvo los apelativos en femenino. Son poetas, escritores y periodistas mayores que yo, que asumen su diferencia con alegre desfachatez. Trabajan o fingen trabajar en medio de una agitación cercana al franco desmadre, inventando sarcasmos de alto vuelo creativo que vienen y van a pasmosa velocidad, mientras la redacción de un slogan puede tardar semanas. Al principio les temía, pero cuando los fui conociendo mejor me aficioné a su ingenio de triple filo y empecé a rehuir a gente como Pablo, cuya pereza mental se me reveló por contraste. Ahora los busco fuera de la oficina, como con ellos en restaurantes o los oigo discutir de literatura en borracheras de largo aliento, complicando la ya de por sí difícil relación con mi madre, que me condena en silencio. Para ella mi trato con jotos culmina el proceso de corrupción que se inició con mis veleidades marxistas. Primero los libros me envenenaron la mente, ahora sucumbo a las perversiones del cuerpo. Su discreto pero terminante repudio me ha convertido en la oveja rosa de la familia.

Detrás de Pablo llegan dos amigos de mi hermano Rubén: el Pollo Beltrán y Jaime Cisneros. Llevan zapatos de plataforma, camisas hindúes y corte de pelo a la John Travolta. Los desprecio por atildados. No han terminado la prepa y ya desayunan café con molletes en Vips, frivolidad que denota su prematuro aburguesamiento. Mi madre los manda a la cocina por una cuba y afronta la engorrosa obligación de charlar con Pablo:

—Esa chica, Laura, la delgadita que trajiste el otro día, me cayó muy bien. Se ve buena gente y de cara es monísima.

—Ya terminé con ella, señora. La vi en traje de baño y resultó una maga: nada por aquí, nada por allá —Pablo dibuja en el aire una silueta plana.

—Qué lástima. Primera chamaca decente que traes y no te dura un minuto.

—¿Y las demás? ¿A poco no eran decentes?

—Pues te diré: Matilde, la de los pelos de leona, me pareció la típica lujuriosa que a la primera oportunidad se acuesta con el novio de su mejor amiga, y la tal Rosaura, con ese vestido entallado que yo no sé cómo respiraba, le enseñaba el culo a medio México. A ésa la sacaste de un burdel.

—No, señora. La saqué de un colegio de monjas.

—Con razón, ésas cogen desde chiquitas.

—Bueno, mamá, ¿y a ti qué te importa si cogen o no? —intervengo desde el tocadiscos, donde acabo de poner el último de Serrat—. Te haces la liberal pero en el fondo eres más puritana que la reina Victoria.

—Te equivocas, intelectualito de mierda. Yo soy partidaria del amor libre. Por mí que toda la gente coja hasta reventar. Pero si una mujer quiere ser puta, que se pare en una esquina y ejerza el oficio como Dios manda. Contra las putas oficiales no tengo nada, lo malo es que ya no hay. Ahora ninguna cobra: todas navegan con bandera de señoritas decentes.

—Pero no todo es blanco o negro. También hay mujeres liberadas que se acuestan por amor.

—Por amor, leches. Una jovencita de tu edad, tal vez, pero una secretaria lagartona que le chupa el pito al jefe barrigón y calvo no puede estar enamorada ni aquí ni en China. Esa quiere quitárselo a la esposa para no dar golpe.

—¿Y tú cómo lo sabes? No todas van tras el dinero del jefe.

—Al principio no, en eso tienes razón. Se hacen las enamoradas para engatusarlos mejor. Así era la Fulana de tu padre y mira dónde está ahora: viviendo como una marquesa en la casa del Pedregal. No cabe duda que las putas tienen suerte.

Interrumpe nuestra discusión —una discusión que se repite cada sábado, como un ritornelo para dos voces—, la llegada de Chelo Ruiz, madrina de mi hermano Genaro, que también es divorciada, cuarentona y dogmática en su aversión a las destructoras de hogares. Chelo pertenece al club Jodidas Pero Contentas, formado por mujeres de un solo hombre que perdieron la fe en el género humano cuando sus maridos las traicionaron con el segundo frente. Mi madre fundó el club en un arranque de humor campechano y al bautizarlo definió el perfil de sus integrantes. Las JPC aportan a la reunión del sábado un toque de sabiduría y experiencia. Tejen, chismorrean, dan consejos sentimentales que nadie les pide. Jóvenes de corazón, pero envejecidas por el autoflagelo de no permitirse ninguna coquetería, departen con la juventud en un ambiente de sana alegría. Aunque algunas todavía están guapas y aunque se bebe mucho en la reunión del sábado, nunca se ha dado el caso de que una JPC trate de seducir a un joven o viceversa. Sería una falta de respeto a mi madre, que sólo tolera suciedades en el lenguaje.

Chelo todavía no acaba de saludar cuando el timbre anuncia más visitas. Gaby Reyes y la Pina Orozco sí tuvieron la decencia de cooperar con una botella. En cambio mi primo Luis vino a beber de gorra y encima se trajo a dos compañeros de oficina. La casa va llenándose de gente, de risas, de aromas entremezclados, y a las nueve de la noche ya tenemos una concurrencia de veinticinco personas, sin contar a los menores de edad que juegan ping pong en el garage o ven la televisión arriba. Mi madre se muestra diligente y seductora en su papel de anfitriona. Organiza ruedas de baile, dirige varias conversaciones al mismo tiempo sin perder el hilo de ninguna y recibe con la misma efusividad a los conocidos y a los extraños, ecuménica en el empeño de que la gente se sienta a gusto. Ni yo me puedo sustraer a la corriente de simpatía que transmite. Me contagia su vitalidad y su impetuoso amor por los demás, pero la satisfacción que le proporciona el trato social para mí es incompleta, pues yo no he renunciado al sexo, aunque el sexo parece renunciar a mí.

Necesito largarme a otra parte donde tenga por lo menos la esperanza de hacer un ligue. Al pasar por el garage veo a mi ex amigo Pablo jugando ping pong con el hijo de una JPC y le pregunto qué planes tiene para esta noche.

—Hay fiesta en casa de Vilma Larios —me responde, concentrado en el juego—. No es de putos, pero chance te puedas ligar a un mesero.

—Vilma es una fresota sojuzgada por sus papás. Una vez la invité al cine y me asestó al hermano de chaperón.

—Eso fue antes de su viaje a Londres —Pablo interrumpe el juego—. La mandaron a estudiar un año, ¿no sabías? Ahora debe ser una fichita. Seguro que allá le dieron mota y la desquintaron.

No creo en su transformación, pero le concedo el beneficio de la duda a falta de mejores planes para esta noche. Nos vamos a la fiesta en mi carro, con dos cubas camineras. El perfume de Mariana se quedó impregnado en las vestiduras, como un recordatorio de mi cobardía. Abro la ventana y respiro mejores aires: debo hacer algo que me haga olvidar el apañón del Ajusco. Después del error viene el hit y ¿quién sabe? a lo mejor esta noche me atrevo a todo. Desde Coyoacán hasta Tlalpan oímos a Juan Gabriel por capricho de Pablo, que imita su voz amanerada y me da manazos cuando intento cambiar de estación. De pronto recuerda que mi virilidad también está en entredicho y encuentra un mejor objeto de escarnio.

—¿Qué se siente besar a un hombre? ¿No te raspa con el bigote?

—No sé, yo he besado a puros lampiños.

—Lo dirás de broma, pero a mí se me hace que eres macho calado.

—Pues claro que sí, pendejo. En esta vida hay que probar de todo.

—Te hablo en serio —Pablo pasa al tono inquisitorial—. ¿Nunca te ha echado los perros algún puto de tu oficina?

—Todavía no, pero ojalá se animen pronto. Se me hacen agua las nalgas.

Me sostengo en la broma para eludir su agresión, pero esta vez me siento vulnerado porque Pablo acertó sin querer. Hay un compañero de oficina que me tira los perros ¡y en qué forma! Se llama Fabián, tiene treinta años y es crítico de danza en un suplemento cultural muy leído. Sufro su acoso desde que llegué a pedir trabajo en la agencia. Me invita a comer, se ríe de mis peores chistes, suspira cuando paso por su oficina, deja recaditos amorosos en mi escritorio y por si fuera poco me dedica sus artículos del periódico. Hasta ahora lo he mantenido a raya burlándome de su asedio, pues temo que si algún día llego a explotar se tomaría mis golpes como una declaración de amor. Es mañoso y retorcido en sus tácticas de conquista. Los lunes viene al cubículo que comparto con el jefe de redacción —otro miembro del clan gay— a contarle sus aventuras del fin de semana en cines arrabaleros y baños públicos. Describe orgías tumultuarias en un lenguaje procaz, levantando la voz para que yo también oiga y me excite. Nunca he dado señales de prestarle atención, pero él supone que poco a poco va ganando terreno. El otro día, para quitármelo de encima, le prometí que si alguna vez doy mi brazo a torcer, él será mi primer amante. Nunca lo hubiera dicho. Me hizo jurar por la virgencita de Guadalupe que la promesa iba en serio y luego salió a gritar por todo el corredor que ya éramos novios. Al oír las risas de las secretarias tuve un escalofrío —como si una cuerda de piano se rompiera dentro de mí— que he vuelto a experimentar al mentirle a Pablo.

Cuando llegamos a la fiesta me duele constatar al primer vistazo que Vilma regresó intacta de Londres. Un grupo de madres policías vigila desde el comedor a la juventud, detectando a posibles violadores entre los galanes de suéter a cuadros y alma lampiña que temen a las mujeres y hacen corrillos para ocultarlo, en espera de que un ángel baje del cielo a quitarles la timidez. Ameritan ser vigilados porque alguno puede poner yombina en el vaso de la primera muchacha que se descuide, según el aprensivo criterio de las guardianas. A tono con los invitados, la profusión de globos y serpentinas crea un ambiente de fiesta infantil para adultos. Todavía no acabo de entrar y ya quiero salir corriendo, pero Vilma viene a mi encuentro y me corta la retirada.

—Qué bueno que te animaste a venir. No te veía desde nuestro baile de graduación. Llegas como caído del cielo, hay veinte mujeres solas —y me lleva al jardín protegido por una lona donde está la pista de baile.

Sentadas a la orilla del jardín o bailando en una especie de cuadro gimnástico (están de moda los grupos de baile sincronizado), las muchachas dan una falsa impresión de autosuficiencia. En una rápida selección descarto a las que me repugnan por su fealdad o me cohíben por su belleza. Lo mío es el término medio. Escojo a una morena de piernas apetitosas y linda nariz respingada que sería un portento de mujer si bajara dos tallas de la cintura. Ese defecto la pone a mi alcance, pero antes de sacarla a bailar necesito darme valor con un trago. En la cantina, el hermano de Vilma que nos vigiló en el cine me narra como un videotape humano el gol del Cruz Azul que vi hasta el empacho en la transmisión del partido. Es un descanso escuchar lo que me sé de memoria. Entre la cuba y el narcótico de su charla mi complejo de inferioridad se evapora. Hasta me permito imitar desde lejos a las bailarinas del grupo sincronizado, como un padrotillo de discoteca. Enciendo un cigarro con la brasa del anterior, me peino la melena con los dedos y voy hacia mi oscuro objeto del deseo, que se aburre sentada en el pasto.

—¿Quieres bailar?

—No me sé los pasos.

—Yo tampoco, pero si quieres bailamos por nuestro lado.

—Ahorita no, gracias.

—¿Tienes una pierna enyesada o estás esperando a tu novio?

—Ninguna de las dos cosas.

—Entonces de plano te caigo mal.

—No me caes mal ni bien —bosteza—. Lo que pasa es que ayer me desvelé y estoy muerta de sueño.

De vuelta en el rincón de los hombres solos hago conjeturas dictadas por mi despecho. ¿Por qué me rechazó, carajo? Descarto la excusa del sueño, sería el colmo que a su edad no aguantara una desvelada. Lo que pasa es que me vio cara de pobre. Pinche trepadora de mierda: está loca si cree que con esas lonjas va a pescar un ejecutivo de Mustang. En el clímax del resentimiento descubro que tengo la bragueta abierta y recupero mi buena fe. No es que la gordita sea interesada: la saqué a bailar con el pito al aire y lógicamente me tomó por un borrachín. Me lo merezco por escoger a la menos peor, en vez de aspirar a un ligue de altura.

La bomba sexy de la fiesta es una chaparrita de rostro infantil y cuerpo más que maduro, vestida de camiseta y jeans. La veo pasear una bandeja con bocadillos hechizado por su grupa de percherón, que hace un contraste perturbador con los inocentes hoyuelos de sus mejillas. Le había echado el ojo al entrar, pero se me hizo *too much for me*. Ahora se aproxima con la bandeja y las piernas me tiemblan. Obligado a estrenar mi carácter de triunfador, le pido que me deje los bocadillos para repartirlos entre los hombres.

—No creas que me los voy a comer todos, ¿eh?, nomás la mitad.

Su amable sonrisa me da pie para hacerle las preguntas habituales en estos casos (¿cómo te llamas? ¿qué estudias?), que en mi boca suenan doblemente insulsas, por falta de soltura en el discreteo social. Se llama Erika, acabó la prepa este año y no sabe si estudiará Oceanografía o Decoración de interiores.

—Lo bueno es que son carreras afines —bromeo—. Estudia las dos y luego ponte a decorar peceras.

Erika se ríe sin ganas, incómoda por mi tono de burla. Tengo la sangre pesada, no sé hacerme el simpático sin parecer insolente. Una tanda de música suave llega en mi auxilio. Gracias a Dios Erika no tiene sueño y acepta bailar conmigo aunque no haya nadie en la pista. *El tren de medianoche a Georgia* me imbuye audacia. Rodeo con los brazos su diminuta cintura y trato de estrecharla con delicadeza, como si me arrastrara la cadencia del baile. Ella cede un milímetro, luego se avergüenza de su liviandad y me pone la clásica palanca en el pecho. ¿Voy demasiado aprisa o está nerviosa porque su mamá nos ve desde el comedor? Por si las dudas cambio de táctica: la tomo por el talle y como no queriendo la cosa deslizo mi mano derecha hacia el cuenco de su axila. Erika no reacciona hasta que intento rozarle un seno. Entonces me quita la palanca y aparta de un codazo la mano que fue demasiado lejos, en un perentorio llamado al orden.

Termina *El tren de medianoche a Georgia* y empieza *Reasons* de Earth, Wind and Fire. Quizá me ha faltado tacto. No se puede tratar como puta a una hija de familia, aunque en el fondo lo esté deseando. Para ennoblecer el faje ante su conciencia le administro una dosis ablandadora de suspiros en el oído y apretones de mano. Enternecido por mi propia comedia siento que de veras la quiero. Erika baja sus hipócritas defensas y apoya la cabeza en mi hombro. Bailamos «de cachetito» dos baladas nacionales que apenas oigo, concentrado en el roce de nuestros muslos y en el olor a durazno de su cabello. La fiesta se oscurece a mi alrededor, eclipsada por la dicha de nuestro lento vaivén. Voy a besarla en el cuello cuando termina el intermezzo romántico y las canciones movidas nos obligan a despegarnos.

Maldigo al encargado de las cintas, que sin duda nos cambió el fondo musical adrede, por instrucciones de Vilma o de sus papás. Vuelve a la pista el ballet femenil, con su alegría mecánica y repulsiva. Para no quedar como el típico gandaya que sólo buscaba un faje, bailo con desgano tres envejecidos éxitos del mes pasado: *Sex Machine, Push in the bush* y *Try me*.

Escuchando la infinita sucesión de jadeos y onomatopeyas evocadoras del coito pienso que la música disco se inventó para torturar a la juventud reprimida. Los negros de Nueva York hacen el amor con el micrófono pegado a los genitales y sus admiradores del Tercer Mundo, menores de edad por fatalidad social, nos conformamos con escuchar la orgía detrás de una puerta.

> *Try me, try me, try me, just one time,*
> *try me, try me, try me, just one time,*
> *I know I know.., you can make it.*

Allá en la gloria Donna Summer va por el tercer orgasmo. Aquí nos portamos bien. La mamá de Vilma nos llama a la sala porque ya es hora de que su hija apague las velas y el estómago se me revuelve cuando los invitados cantan el *Happy Birthday* a coro. Mientras Erika se come el pastel (yo no lo pruebo) trato de arreglar una cita para otro día:

—¿Qué vas a hacer la semana próxima?

—No sé. A lo mejor me voy de vacaciones.

—Qué envidia. ¿Se puede saber a dónde?

—Mis papás quieren ir a Acapulco pero yo les digo que mejor a Orlando. En Acapulco la playa se llena de nacos y luego no te puedes meter al mar.

—Y si la playa estuviera llena de gringos, ¿entonces sí nadarías?

—Quién sabe. ¿Por qué me sales con eso?

—Para saber si odias las aglomeraciones o eres racista.

—¿Racista yo? Estás loco. Para mí lo naco no tiene nada que ver con el color de la piel. Es un problema de educación.

—Ah, vaya. Entonces tú discriminas a la gente maleducada.

—No la discrimino, la evito, que es diferente.

—Pero la evitas porque te crees superior.

—Sólo en la educación, ya te dije —se remueve en la silla, furiosa.

—¿Y según tú en qué consiste la educación?

—Pues en todo: en la manera de hablar, en la manera de comer, en la ropa.

—¿Y eso qué? Los nacos tienen su propia cultura.

—Uy sí, una cultura divina. Por querer imitar a los gringos parecen chamulas de Houston.

—Los desprecias porque son diferentes a ti. Eso es típico de la gente ignorante.

—Mira, ya párale. Tengo más educación que tú y la prueba es que no me gusta discutir con borrachos —quiere levantarse pero la sujeto del brazo.

—No te salgas por la tangente. Mejor dime qué libros lees, a ver si es cierto que eres tan educada. ¿Has leído a Kafka? ¿Has leído a Borges? ¿Has leído a Engels? —Erika ve hacia otra parte con un gesto altanero—. Pues entonces la naca eres tú. ¡Naca, racista y pendeja!

Salgo disparado a la cantina sin concederle derecho de réplica. Desde ahí, mientras me sirvo una cuba, la veo cuchichear con una amiga que me lanza miradas de odio. Se meten juntas al baño, sin duda para desollarme vivo. Pasen a ver al ogro, damas y caballeros, pasen a ver al temible agitador de conciencias que mata pulgas a cañonazos. Muerde a las niñas bien y se vomita en sus prejuicios burgueses, pero es un ogro virgen, estudioso y decente que jamás romperá del todo con su inmunda clase.

Bebo a grandes sorbos, harto de mi falsa rebeldía. ¿Qué hago aquí si todo me repugna? Dentro de poco las muchachas empezarán a largarse porque sus papás les dieron permiso hasta las doce, ni un minuto más, y si bien me va seguiré la parranda con los borrachos que se queden hasta el final. Iremos a un tugurio del centro molestando peatones por el camino, las ficheras nos insultarán porque nadie querrá llevárselas a la cama, uno vomitará sobre la mesa, otro bailará solo haciendo *strip tease*. Ante un panorama tan alentador prefiero escabullirme hacia la calle con mi vaso en la mano. Que Pablo se divierta con sus hermanos del alma: yo piro.

Afuera, montado ya en el coche y con las ventanas cerradas para guarecerme del frío, recuerdo el epílogo llorón de *Porky*, la serie de dibujos animados que más me gustaba de niño: «Lástima que terminó el festival de hoy...». Era la señal de que debía irme a dormir, con o sin sueño, por mandato inapelable de mis papás. La tonadilla vuelve a entristecerme ahora, cuando arranco sin saber qué rumbo tomar. Otra noche en blanco. Ya no tengo adónde ir, salvo a la tertulia hogareña y casta donde me sentiré acompañado en la frustración. Porky me ordena que mañana despierte de mal humor, joven por fuera y viejo por dentro, con la sábana alzada por una socarrona erección matinal. Y así por toda la eternidad, hasta que los arqueólogos del futuro descubran mi falo petrificado en el cuarto de la azotea.

Pues al diablo con Porky. Sin saber adónde voy, pero seguro de que no volveré a casa, me lanzo vuelto la madre por División del Norte, pisando el acelerador en los cruceros más peligrosos. Tal vez quiera estamparme contra un poste o dormir en una delegación, ¿quién puede saberlo? Yo sólo busco un punto de fuga sin conocer mi destino. Doblo en Insurgentes a la izquierda por el simple gusto de darme una vuelta prohibida. Pobre tira jodido, eres de a pie y no me puedes parar. En Xola me paso el semáforo gritando como valentón de cantina: ¡Ábranla, cabrones, que ahí va su padre! Ojalá cruzaran abuelitas a esta hora, para llevármelas de corbata. Pierdo el control del volante y me subo momentáneamente al camellón, pero enseguida reacciono y bajo al asfalto golpeando la suspensión con el borde de la banqueta. El susto me obliga a disminuir la velocidad y a frenar como la gente sensata en el alto del Polyforum. Pero entonces el motín estalla dentro de mí. Algo se opone a que me dé por muerto y desvía mi voluntad hacia un carril de circulación prohibida.

Un urgente deseo entra por mis venas como el golpe de viento que abre las puertas en los relatos de aparecidos. Y aunque tengo el radio a todo volumen escucho a Fabián contándome la fétida historia de los putos que hicieron un trenecito en los baños Frontera:

Al principio las brumas del vapor no me dejaban ver nada: sólo oía jadeos reprimidos y la fricción de los cuerpos húmedos. Luego mis ojos se acostumbraron a la niebla y empecé a ver los vagones del tren. El chaparro de enmedio era el más cachondo. Se la estaba metiendo a un ejecutivo cuarentón bastante bueno, de esos que van todos los días

al gimnasio para estar en forma, y al mismo tiempo le daba
las nalgas a un fortachón con pinta de guarura que parecía
Jorge Rivero en gañán y ha de haber sido un palo estupendo
por su forma de menear la pelvis. Yo lo veía y pensaba, con
éste vale la pena hacer cola, para ver si me toca algo. Pero
la estrella del número fue el efebo que llegó después, recién
salido de las regaderas, y se puso a masturbar en la cara del
fortachón. Mientras él se la mamaba yo no me pude quedar
mirando y le besé las nalgas, qué digo besar, casi me las
comí porque eran de concurso: blancas, duras, tersas, y olo-
rosas a talco Menem. Un verdadero poema...

No puede ser. Yo, que oía con asco las crónicas de Fabián,
tengo una erección delictuosa y estoy sudando. ¿Por qué
se me ocurrió darle el sí? Entre Diagonal de San Antonio
y el Parque Hundido me sacuden ráfagas de excitación,
culpa y excitación redoblada. El vapor de los baños ha
empañado mis pensamientos. Lo peor no es que sea maricón, sino que venga a descubrirlo por un efecto de rever-
berancia, captando el eco de una lujuria lejana. Dejo atrás
los almacenes París Londres, atravieso Félix Cuevas y doy
un frenazo al recordar que Fabián me recomendó una discoteca pegada a la tienda «para cuando te decidas a jalar,
si es que te decides antes del año 2000». Doy cuatro vueltas a la manzana, espantado de mi ocurrencia. Cuando
creo que ya he reunido suficiente valor, me estaciono en
una calleja oscura donde ningún conocido pueda ver mi
coche si pasa por Insurgentes. De ahí camino a mi perdi-
ción tapándome la cara con las solapas de la chamarra,
como Frank Sinatra cuando salía a buscar morfina en *El*
hombre del brazo de oro.

La discoteca se llama Le Baron. Apenas ayer estuve con Mariana en el Barón Rojo y la coincidencia me alarma. ¿Será una broma del azar, que me duplica los varones justo cuando voy a dejar de serlo? Un huraño portero me ve de arriba abajo con desconfianza, adivinando quizá mis tribulaciones de primerizo. Le pago el *cover* y entro a un local estrecho, sórdido, mal ventilado, con fotomurales de modelos desnudos en las sucias paredes y colgando del techo una esfera giratoria que dispara luces multicolores. A primera vista la clientela me decepciona. Predominan los jotos relamidos, discretos en el vestir y peinados con secadora, que hasta en la pista de baile cuidan la figura para no despeinarse. Algunas locas dispersas compiten por hacerse notar —entre ella un travesti rubio platino que me recuerda a Chelo Ruiz— pero son la excepción de la regla y su estridencia no puede abrillantar el gris perla de la mayoría.

Pido una cuba en la barra y doy una vuelta para reconocer el terreno. Si me encuentro a un amigo le diré que vine a hacer un estudio antropológico sobre minorías sexuales. Lástima que no haya traído mi morral de universitario. La indiferencia de los jotos me desconcierta. Pasan a mi lado sin dirigirme siquiera una mirada turbia. Atribuyo su frialdad a la cerrazón del gueto: vienen a chacotear entre ellos más que a ligar con desconocidos. Yo no encajo en su ambiente y por lo tanto me ignoran. Pero el gueto no es inexpugnable, musicalmente hablando: aquí también retumba en los tímpanos la música disco y un grupo de bailarines sincronizados ejecuta la misma coreografía que acabo de ver hecha por mujeres en casa de Vilma.

Me siento pendejo y desubicado, pero si ya manché mi reputación no me puedo quedar mirando. Cerca de mí, recargados en una columna alfombrada de rojo, dos adolescentes andróginos hablan en secreto y se ríen. Quizá me están coqueteando, quizá les caigo mal por mi aspecto de intruso. Uno de ellos me gusta, o le gusta a Fabián por conducto mío: el güero del overol guinda que fuma con estudiada indolencia, pálido y ojeroso como un príncipe decadente. Brindo con él desde lejos y hace como si no me viera. Mal debut para un aspirante a joto. Me reviso la bragueta y compruebo que está cerrada. ¿Entonces en qué fallé? Bebo amargamente, devaluado como objeto sexual. Por lo visto, los maricones tienen vocación de lesbianas. Buscan a sus iguales para hacer tortillas, ¿o será que no sé cómo tratarlos? Mi gruesa chamarra de pana me delata como recién llegado a Sodoma. Es una prenda del mundo Marlboro y aquí se llevan gráciles playeras de importación con pantalones untados a la cadera. Para no desentonar deposito la chamarra en el guardarropa. El oprobio de esperar a que alguien se fije en mí, sin poder tomar la iniciativa, me reconcilia momentáneamente con las mujeres. Qué humilladas deben sentirse balanceando los glúteos en la oficina, la universidad o el burdel, con la esperanza de atrapar a un comprador de ganado. Mas no todo es ignominia en la vida de una coqueta: al poco tiempo de enseñar el palmito viene a pedirme lumbre un apuesto galán de fotonovela. Lo rechazo instintivamente −se parece demasiado a mi hermano Rubén− pero le hago conversación para ir entrando en familia.

−¿Vienes aquí muy seguido?

−Casi nunca −me toma de la muñeca para guiar el cerillo−. Mi bar favorito es El Nueve, pero ayer hubo redada y lo clausuraron.

—¿Y a qué hora se pone bien esto, eh? —me comporto como un viejo conocedor del ambiente.

—Parece una fiesta de Narvarte, ¿verdad? Así es siempre. Le dicen el Archivo de Indias, porque viene pura naca. En El Nueve por lo menos ves gente bonita.

—Hay gente bonita que tiene mierda en el cerebro.

—Eso me sonó a indirecta. No lo dirás por mí ¿verdad?

—Claro que no. Tú eres feo además de cretino.

—Uy, qué agresivo. Así nunca te vas a casar.

—Con gente bonita, no. Prefiero un pepenador o un bolero.

—Pues yo no te lo voy a impedir, darling. Si te gusta la raza de bronce, despáchate a gusto. Sólo te advierto una cosa: los nacos de aquí son de lávese y úsese. Báñalos primero, es un consejo de amiga— y se aleja entre la chusma con un gesto de altivez desdeñosa.

Mi tentativa de evasión está resultando un chasco. He vuelto a encontrar el mismo pantano del que venía huyendo, con todo y lucha de clases. Antípodas falsas, la casa de Vilma y el Le Baron albergan idénticas liendres. Probablemente sea inútil buscar una escapatoria: aunque llegue a ser el más apestado y marginal de los hombres —yonqui, parricida, leproso, corruptor de menores—, en el último escalón del subsuelo hallaré un sistema de castas implantado por la minoría más vil.

El estrecho local se ha ido congestionando y ahora parece un vagón del metro en horas pico. Ya no hay lugar para tanto joto, pero siguen llegando en racimos. Los compadezco: vienen a presumir sus mejores galas en una pelotera donde no se puede ni respirar. Sorteando con dificultad el hacinamiento de vanidades logro llegar hasta el cantinero y pedirle otra cuba (ya perdí la cuenta de cuántas llevo). Junto a mí, de codos en la barra, un chavo banda que no puede tener más de dieciséis años mira fijamente un televisor apagado. Moreno, dúctil, de nalgas paradas y labio superior sombreado por el bocio, ya tiene curtido y canalla el rostro sin haber perdido la frescura de la niñez. No me inspira confianza pero Fabián es testarudo en sus elecciones.

—¡Qué programa tan divertido! —le grito en la oreja—. ¿Cómo se llama?

—Cuál programa —se ríe—. Son puros anuncios.

—Andas pacheco, ¿verdad?

—Dos que tres. Vine con unos amigos bien atacados, pero se fueron y me dejaron solo.

—¿Quieres una cuba?

—Ya vas —responde sin despegar la vista de la pantalla.

—Te la invito si dejas de ver la tele.

—No estoy viendo nada —se frota los ojos como si despertara de un largo sueño—. Es que me clavé con la música y empecé a girar.

—Pues ya despierta, o saca el churro pa' estar iguales.

—Aquí no se puede. ¿Traes coche? —afirmo con la cabeza—. Pues invítame a tu depa, ¿no?

—Vivo con mi familia.

—Yo tambor. Y mi jefe no quiere que lleve amigos.

—Entonces vamos adonde sea. Ya me cansé de este pinche tugurio.

Nos arrastramos penosamente hacia la salida, entre codazos, empellones y forcejeos. Cuando nos falta poco para ganar la puerta mi compañero resucita con los primeros compases de *Sex Machine* y me pide que volvamos adentro «nomás para bailar ésta». Bailamos toda una tanda que incluye, por supuesto, *Push in the bush* y la inevitable *Try me*. Entre los jadeos de Donna Summer alcanzo a cruzar algunas palabras con mi galán y averiguo que se llama Cuauhtémoc. Su nombre me alborota el nacionalismo. Ya defendí de palabra al pueblo mexicano, ahora me toca defenderlo en los hechos, confraternizando con un joven que hace quinientos años hubiera sido caballero águila y hoy recibe sin duda el ultrajante mote de naco. Aunque haya caído en el fango, mantengo en pie mis ideales de igualdad y justicia. Embelesado con mi rectitud, se me olvida que no quiero a Cuauhtémoc para alfabetizarlo, pero al ver el hilo de sudor que baña su ombligo aterrizo abruptamente en la realidad, convertido en un putastro que se cree Bartolomé de las Casas.

Fabián me transmite su deseo con sesenta mil kilowatts de potencia. Tengo que irme de aquí para saciarlo a oscuras, en un refugio blindado donde ni yo mismo sepa qué estoy haciendo. Cuauhtémoc ya se cree mi novio y al salir de la discoteca me abraza por la cintura. Lo rechazo con la piel crispada:

—¡Espérate, por favor, aquí nos puede ver alguien!

Media hora después, con el último rey azteca sentado en mis piernas y el parabrisas cubierto por una malla de vaho, me siento invulnerable a cualquier amenaza del exterior. La realidad se quedó afuera del coche, desdibujada por el carrujo de mota que nos fumamos en el camino. Estamos en una calle oscura de la colonia San José Insurgentes, muy cerca del Parque de la Bola, frente a una residencia con portón de hierro, fachada colonial y hostiles barrotes en las ventanas. La ternura de Cuauhtémoc me agobia. Me quiere besar en la boca y aparto la cabeza con repugnancia, defendiendo mi segunda honra −la del corazón− como Erika defendía su cuerpo en la pista de baile. Cuauhtémoc entiende que no debe mezclar el amor en esto y alarga una mano hacia mi bragueta. Así está mejor: las caricias obscenas no me comprometen a nada. Coge mi verga y se saca la suya −gorda, enhiesta, sonrosada de la cabeza−, invitándome a devolverle el saludo. Al empuñarla me siento sucio pero inocente, como si hubiera vuelto a la infancia y amasara pasteles de lodo.

En el zaguán de la casona colonial hay un rótulo agresivo: «No estacionarse, se ponchan llantas gratis», y otro defensivo: «Este hogar es católico, no aceptamos propaganda de otra religión». Estoy dentro de la ley, pues ningún letrero prohíbe la masturbación entre caballeros. Desearía que la señora de la casa se asomara por el balcón y nos descubriera en el mano a mano. Mientras yo hago fantasías, Cuauhtémoc actúa: me desabrocha la camisa para endurecer mis tetillas a lengüetazos y luego baja por la planicie del abdomen, saboreando cada milímetro de mi piel. En el ombligo se demora una eternidad para tortura y dolor de mi pene que lo espera firme, serio, erguido como un cadete. Voy a gemir de ansiedad cuando por fin se lo mete a la boca. Es un mamador genial que aprieta sin morder y luego se traga el miembro hasta las anginas, conteniendo la respiración mientras lo succiona con abnegada voracidad.

Su destreza me hace ver la noche amarilla. ¿O será un efecto de la mota que nos fumamos? En el radio suena *El tren de medianoche a Georgia*. Descubro un encanto nuevo en la melodía, como si antes la hubiera escuchado con tapones en los oídos. Ahora el enternecido soy yo: enredo y desenredo el pelo de Cuauhtémoc en una caricia que a pesar de las circunstancias podría calificarse de paternal. Su boca es una alberca techada, una gruta con ríos de miel donde no rige la ley de la gravedad. Floto en su interior como un astronauta en viaje a la luna, esquivando aerolitos incandescentes. De un momento a otro me voy a venir. Veo una luz deslumbradora que seguramente yo mismo irradio. El faro de Alejandría se queda corto a mi lado. ¿O seré Faetón llevando el carro del sol? Más bien soy un oscuro pendejo: la luz viene de una patrulla que nos está echando las altas.

Por el altavoz nos ordenan bajar con las manos en alto. Apenas tengo tiempo de subirme la bragueta, con la sangre destemplada por el súbito cambio del trópico al Polo Norte. Y va de nuez el desenfundar pistolas, la diatriba moralizante como prólogo a la extorsión, el perfume aguardentoso en la boca del orangután que nos lee la cartilla:

—¿No les da vergüenza, tan chavitos y tan maricones? Pos ora ya se chingaron, porque les vamos a dar pa' dentro.

Sus ojos pardos despiden una luz funeral. Es el vivo retrato del granadero que me apañó en el Ajusto (tal vez los fabrican en serie), con la excepción de que éste tiene bigote, si se le puede llamar así a la pelusa que le entrecomilla la boca. Mientras él nos esculca, su pareja voltea los asientos del carro en busca de marihuana. Gracias a Dios tiré la bacha en Insurgentes, pero el menso de Cuauhtémoc trae una sábana en el bolsillo.

—¿Y esto pa' qué lo quieres?

—Para envolver tabaco.

217

—Tabaco, mis huevos. Además de puñal eres marihuano. ¿Ya viste? —Llama a su compañero y le muestra el hallazgo—. Pa' mí que estaban quemando en el coche.

—¿Dónde escondieron el guato, cabrones? —el otro policía es más alto y tiene peor carácter—. Hablen ahorita porque allá en los separos les van a meter un palo por donde ya saben.

Sollozando, Cuauhtémoc le jura que sólo bebimos ron. El segundo orangután lo deshueva de un rodillazo y viene hacia mí.

—O me dices la verdad, güero —me acaricia la espalda con su macana—, o mañana sales en el periódico vestido de mujercito.

—Ya revisó el coche, ¿no? Abra la cajuela si quiere, tampoco va a encontrar nada.

Mi castigo por hablarle golpeado es una descarga de macanazos en los riñones. Caigo sobre la defensa del coche, doblado y con las manos en la cabeza para evitar que me rompa el cráneo.

—Pinche maricón. Has de tener la droga escondida en el culo.

Me alza por las solapas, dispuesto a prolongar la felpa hasta que muera o confiese, pero cuando vuelve a levantar la macana su compañero lo llama al orden:

—Ya déjalo, no es pa' tanto. Se ve que el güero es de buena familia, chance nos podamos arreglar con él.

Le ofrezco el radio de mi coche y se ofende. Por faltas a la moral y posesión de enervantes —me ilustra— tendríamos que soltar cuando menos cinco mil pesos por choya. El instinto de conservación me aconseja olvidar que la posesión de drogas es un infundio. Con voz suplicante le propongo ir por dinero a mi casa en la colonia Del Valle. La idea no le gusta, pero entre eso y no llevarse mordida prefiere confiar en mí. Subo con él a mi Volkswagen y el segundo orangután mete a Cuauhtémoc en la patrulla.

En el camino, preocupado por mi temprana depravación, el policía me recomienda un burdel de Jojutla donde las putas hacen milagros:

—Diles que vas de mi parte, güero. A lo mejor te enderezan.

Llegamos a mi cuadra con la patrulla pegada a los talones, cuando las primeras luces del amanecer tiñen el horizonte de rojo. Me estaciono lejos de la casa, temeroso de que mi madre me vea llegar con escolta presidencial y se entere de mis andanzas nocturnas.

—Ahorita vengo, voy por el dinero.

—Tienes cinco minutos. Cuidado y no sales, porque te saco a balazos.

Al ver las yardas que pinté en el pavimento con mis amigos de la colonia tengo la impresión de haber envejecido quince años. ¿Cómo jugar tochito después de esto? Abro la puerta con esmerada cautela, entro a la casa de puntillas y sin prender la luz me escurro hasta el cuarto de la azotea, donde tengo guardado el centenario que mi papá me regaló cuando terminé la preparatoria. De vuelta en la calle se lo entrego al orangután, que ya se pasó al volante de la patrulla.

—Tenga, esto es por los dos. Vale más de diez mil pesos.

—¿Por los dos? Ni que estuviéramos en barata. Esto nada más es por ti —muerde la moneda como en las películas de vaqueros—. Tu novio también se va a caer con lo suyo y si no puede va a tener que pagar con cuerpo. Al fin que mi pareja es rete mayate. ¿Verdad, Melitón, que ya le traes ganas al chavo? —lo mira con picardía y se atraganta de risa.

Cuauhtémoc también se ríe para seguirles la broma, pero no puede ocultar su temor. Al arrancar la patrulla se vuelve hacia mí con una expresión dolida, como si me culpara de antemano por todo lo que pueda pasarle. Sigo a la patrulla con la mirada hasta que da vuelta en Félix Cuevas, donde circulan ya los primeros tranvías del domingo. Hace frío, me duelen los riñones, tengo náuseas. La rabia me obstruye la garganta como un alimento mal deglutido. Pateo un bote a media calle, y abjurando por un instante de mis convicciones igualitarias suelto un grito liberador:

—¡Pinches nacos hijos de perra!

En la cama reconstruyo mi pesadilla desde que pedí una copa de más en el Barón Rojo. Ahí empezó la cadena de frentazos, como si un poder sobrenatural me obligara a buscar el placer a través de un campo minado. Es un alivio que no tenga pústulas en la cara, pero las que llevo dentro nunca se borrarán. Ahora soy un raro espécimen: el único depravado virginal de la tierra. Si me inclino por los hombres mi destino será contonearme por la Zona Rosa con los labios pintados, recibiendo insultos y escupitajos hasta que el desprecio de los demás forme parte de mi carácter. Y si me quedo en la tierra de nadie, deseando a un hermafrodita que tenga los huevos de Mariana y la vagina de Cuauhtémoc, terminaré cortándome las venas o encerrado en un manicomio.

A mediodía me levanto sin haber pegado los ojos. Las campanas de la iglesia de Actipan llaman a misa. Me siendo expulsado del domingo y de todo lo que huela a normalidad. Mi vida ya es un desecho tóxico. Más me valdría ponerle fin desde ahora y evitarme sufrimientos gratuitos. Abajo, en su buró, mi mamá guarda un frasco de Valium. Sería tan fácil como sacarlo del cajón, encerrarme en el baño, garabatear una despedida y ¡adiós forever! que descubran mi cadáver al forzar la puerta.

Bajo por la escalera de caracol con un ferviente deseo de morir. Mi suerte está echada, pero ayer no cené y quiero irme al otro mundo con la panza llena. Sigo hasta la cocina y me caliento la taza de chocolate que desayuno todos los días, acompañada con pan dulce. Con el hambre satisfecha la idea del suicidio me tienta menos. De momento no puedo sacar el frasco de Valium, porque mi mamá está en su cuarto hablando por teléfono con una JPC. La oigo maldecir a las putas con suerte sin irritarme como otras veces. Ahora la encuentro graciosa, como si volviera de un largo viaje predispuesto a celebrar los detalles pintorescos de la familia. Para variar, mis hermanos roncan en su cuarto con el televisor encendido. Aquí no pasa nada nuevo desde hace mil años. Ayer fue igual a hoy, mañana será como ayer: nuestra vida gira en círculos inmutables. Aunque me haya extraviado en un momento de ofuscación pertenezco a este mundo y estaré fuera de peligro mientras obedezca sus reglas.

Libre de aflicciones me acuesto a ver el tedioso juego dominical. Poco a poco me adormece la retórica de Ángel Fernández y en las brumas del sopor mi desventura se diluye como si lo de anoche le hubiera pasado a otro. Es tan saludable que se repitan las cosas.

Índice